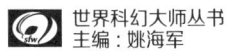
世界科幻大师丛书
主编：姚海军

U0755670

Dreaming reed pipe

寻 梦 芦 笛

[日] 上田早夕里 著

丁丁虫 等 译

四川科学技术出版社

图书在版编目（CIP）数据

寻梦芦笛 /［日］上田早夕里　著；丁丁虫 等译
-- 成都：四川科学技术出版社，2019.7
（世界科幻大师丛书 / 姚海军　主编）

ISBN 978-7-5364-9507-4

Ⅰ . ①寻… Ⅱ . ①上…②丁… Ⅲ . ①科学幻想小说—小说集—日本—现代Ⅳ . ①I313.45

中国版本图书馆 CIP 数据核字（2019）第 132370 号

图进字 21-2019-084 号

世界科幻大师丛书

寻梦芦笛

出 品 人　钱丹凝
丛书主编　姚海军
著　　者　［日］上田早夕里
译　　者　丁丁虫 等
责任编辑　宋　齐　姚海军
特邀编辑　李闻怡
封面绘画　Sijahong六厘
封面设计　李　鑫
版面设计　李　鑫
责任出版　欧晓春
出版发行　四川科学技术出版社
　　　　　四川省成都市槐树街 2 号 出版大厦　邮政编码：610031
成品尺寸　140mm×203mm
印　　张　9
字　　数　210 千
插　　页　2
印　　刷　成都市金雅迪彩色印刷有限公司
版　　次　2019 年 7 月成都第一版
印　　次　2019 年 7 月成都第一次印刷
定　　价　38.00 元
ISBN 978-7-5364-9507-4

自 序

上田早夕里

    这本短篇集不仅收录了狭义上的科幻小说，也收录了几篇带有奇异和幻想色彩的作品。在日本，这类小说只要对"人与社会存在的意义""知性的定义"等话题积极叩问，就可以被称作广义上的科幻小说。

    科幻的定义本就十分宽泛，人们正是为了给那些超越思维局限的作品予以评价，才开拓出了科幻的世界。而我，每天也会自由地展开想象，进行各种各样的思想实验。

    这本书收录了我自 2009 年至 2016 年写的九个短篇小说。

对我而言，这几年也是创作环境发生巨大转变的时期。其间，我的科幻小说终于正式出版了。散登在文艺选集上的作品被汇编成了短篇集《鱼舟·兽舟》（2009），成为职业作家前就一直想写的长篇小说《华龙之宫》（2010）也顺利出版。这些作品吸引了众多读者，我也因此以科幻作家的身份为人所知，过上了可以继续写作的生活。

我从小就喜欢书，读过很多文学作品，同时我又热爱自然科学，因此也读了很多科普性的文章。同时热衷这两方面的人们将我带入了科幻小说的世界。在孩提时代（20世纪70年代），无论是在国外还是日本，都有几位活跃于科幻界的大师。他们的作品不仅有小说，还有电影和动漫。这些作品给日本的孩子带来了巨大的影响，我也属于受此恩惠的一代。科幻小说在援引科学和哲学的同时，充满了自由的想象和不羁的能量，这些深深地吸引了我。科幻小说会对人类和社会的存在方式进行深入研究，对未观测到的宇宙现象进行预想或空想，这在其他的类型文学中难得一见。在日本，如今科幻与一般文学之间的界线已被抹消，但在当时，科幻尚被视为异端。如果没遇到科幻，我说不定已经成了与现在风格迥然不同的作家。

SF不单是Science Fiction（科幻小说），它有时还被称作Speculative Fiction（思辨小说）。我在写科幻小说时，通常会仔细考虑这层含义。

我们所在的宇宙究竟蕴藏着怎样的可能？

科学会为我们带来什么，会不会也从我们手中夺去什么？

科学将如何改变我们的未来，会不会给我们带来毁灭？

我们能够与他人建立怎样的联系，又是否能获得真正的幸福？

解决种种争端之后，我们该构建一个怎样的新社会？

思考和探讨这些问题，是一件有趣且有意义的事情。不断地发问、思考，再付诸行动，或许终有一天，这将成为改变现实世界的力量。

在这种思考深处的，是对未知强烈的探索欲。真正的探索欲应该以深沉的热爱做支撑，绝不会伤害他人的尊严。人、生物、人工智能，各种各样的学问，过去和未来，绘画和音乐等艺术，历史……当一个人对万事万物抱有"想了解其本质""想探究得更深"的强烈意志，他才会有所创造，并以此为乐吧？至少我自己是这样。

正如科学和学术没有国界，小说也可以跨越国界走向世界。有时甚至还能跨越时代，恒久地受人青睐。我的作品能在这股洪流中占据一隅之地，已经让我备感光荣。要说希望的话，我只希望这本书可以长留在读者心间。

最后,借此机会,向为我提供这次出版机会的科幻世界图书编辑部再次致意,真的非常感谢你们!

二〇一九年三月

（田田 译）

目录

寻梦芦笛

首发于二〇〇九年
异形文集·第四十三卷「怪物团」
译者 刘金举

我是人。我永远不会舍弃人这一身份。与其成为一个『海葵人』，我宁愿选择作为人走向灭亡。

橱窗里面所展示的，已经是夏装了。其中一件今年的新款夏裙，色彩华丽、设计新颖，深深地吸引了我。不过，裙子虽然很漂亮，下摆却长了些。如果我的个子再高些，倒是很合适。一边这么想着，我一边迈步走过了商店门口。

　　轻风里充满了绿色植物的香气，令人心旷神怡。从店外的人行道看去，除了夏装之外，橱窗里面还陈列着帽子和皮包。我在脑海中合计了一下价钱，忍不住叹了口气。远离大手大脚花钱的生活，真的已经很久了。虽然之前的生活也不算奢侈，但那时花钱从不吝啬。我也有过为了参加乐队比赛，或与唱片公司的人洽谈合作而不惜一掷千金的时候。只不过，那段充满期待又忙碌不堪的日子很快就过去了。当我察觉到这一点时，一切都已如过眼烟云般消失了。虽然并没有刻意终结这样的日子，但也许是在无意之间，我便选择了一条迥异的人生之路。现在我所走的，是一条平平淡淡,但也没有危险、能让人过安稳日子的路。

我在西点店买好饼干后回到了大街上,这时一个奇妙的东西闯入了我的眼帘。它看起来像是一个招揽客人用的人偶,过往的行人们都争先给它让开了道,脸上充满了惊讶和好奇。起初我还在想没有必要这么大惊小怪吧,但是靠近一看后,也像大家一样,忍不住叫出了声。

这个人形的白色生物,摇摇晃晃地走在街上,脸上没有眼睛、鼻子和嘴,却从头顶上垂下了几十根触手,简直可以形容为一个"头长成了海葵的人"。它身高大约一百七十厘米,触手和整个身体都是雪白雪白的。一眼看上去,它似乎穿着紧身运动衣,但是从其透明感以及所充溢的光泽来看,又很像生物的肌肤。如果是人造材料的话,那应该是我从来没有见过的新料子。

它的身体表面十分平坦,手脚细长、胸膛瘦削,让人无从推测它的性别和年龄。这难道是一个为制造宣传效果而进行新奇表演的演员?或者是电视台正在录制恶作剧节目?利用这么奇怪的外观吸引了人们的注意之后,马上就要上演什么惊人的节目了吧。

"海葵人"站到路边的树下,举起长长的触手,慢慢摩擦起来。

一阵高低音合奏响起。高音高亢,如同摇铃发出的声音一样清脆;低音柔和,如同弦乐的声音一样优美。

声波包围了我的身体，一步步轻抚着我的皮肤。我感觉自己就像脚底踩着棉花，有点飘飘然了；又感觉自己的舌头上好像滴了几滴蜂蜜，一股甜味扩散开来。我的胸中充溢起一股难以言表的熟悉感，一阵酥麻的快感沿着皮肤缓缓袭过。这两种声音混合在一起，奏鸣出一首我闻所未闻的曲子。尽管如此，我却觉得这似乎是我很久之前就很熟悉的音乐一样。

行人都围在"海葵人"身边，如痴如醉地沉浸在那音乐的世界里。没有人让它停下来，更没有人斥责它。

"海葵人"的头部出现了几张小嘴，好像圆圈一样。它张开可爱的小嘴，唱出了温润的声音，让人如沐春风。与其说这是乐器的声音，倒不如说更接近人类的声音。我听不懂它唱的是什么，因为那既不是日语，也不是英语，和着抒情的旋律，就像咒语一般。

就是在这一瞬间，我的心中发生了某种反应，一切霎时变得截然不同：快感化成了痛苦，温暖化成了冰冷，柔情化成了肉刺。

由于太过恐惧，我的身体忍不住颤抖起来。身体内部的自我保护本能，在全力否定之前产生的舒畅感，向我发出警告，让我转入到憎恶与反抗模式。

这首曲子，能够控制人的精神！就像在木材上静静地来回拉动的一把锯，从人身上切削着对人而言非常重要的东西。这就是当时我的感觉。

突然，我背后也响起了歌声。扭头看过去，是另外一个"海葵人"，它正和着前面这个"海葵人"的声音在歌唱。

两个"海葵人"的声音融汇在了一起，生出一种只能用"妖艳"来形容的感觉。

接着，二重唱变成了三重唱。也许是被它们俩的声音吸引过来，不知什么时候，又来了一个"海葵人"。

不知道是谁嘟囔了一句："这是不是新开发的演奏机器人初次亮相啊！"我这才想起来，最近机器人技术发展神速，利用电脑合成的歌声，早就非常接近人声了。不过，这些"海葵人"的声音如此细腻流畅，真有点太不可思议，也太不正常了。

我后退几步，从人群中逃了出去。我不理解大家为什么可以如此心平气和地欣赏这曲子。这种破坏人类本能的音乐，这种剥夺人类自由意志的曲子！

我离开那些陶醉在歌曲里的人，不顾满身大汗，穿过了大街，来到位于心斋桥的俱乐部。

我走下台阶，打开位于地下一层的店门。

虽然已经是晚饭时间了，但是一半座位还空着。我选择了一张双人桌，而不是柜台边的单人座。我点了饮料和小食，特别叮嘱服务员:"我一会儿还有个朋友过来,请不要安排别人坐过来。"

店内轻声地播放着音乐。这是一首很久以前的摇滚乐,主旋律非常优美,抚慰了我被"海葵人"搅乱的心境。我品尝着碳酸饮料,这时才渐渐平静下来。

店内客人的年龄都比较大,基本上看不到年轻人。就在我啜吸着"嗨棒酒"[①] 的时候,乐队成员登台了,其中就有响子!和她对视后,我举起手,轻轻地打了个招呼。她也面向我微笑,用口型无声地说了句"一会儿再聊",就坐在了键盘前面。

主唱是一个四十岁左右的男性。上座率达到八成的时候,舞台上响起了让人印象深刻的和弦声。今天他们演奏的主题是"披头士乐队",我喜爱的歌曲一首首流淌而来。主唱的嗓音相当优美,可以看出这是个用心歌唱的歌手,而且经历了时间的磨炼。响子专注在演奏上,嘴巴紧紧地闭着。

我还是第一次见到响子不唱歌时的样子。我所熟悉的响子是一个摇滚歌手,总是和着节奏强烈的音乐,昂扬地歌唱。因此,今天见到她如此"文静"地坐在椅子上,手指在键盘上冷静地游走,比起感到意外,更可以说有些震惊了。

不过,看得出来,她仿佛只是坐在那里就已经非常愉快了。她的这种情绪乘着音乐也传到了这里,感染了我。

---

① HighBall,威士忌、冰和苏打水混合的一种鸡尾酒。

他们整晚都在翻唱"披头士"的歌，没有一首原创。演奏结束后，响子走下舞台，来到我的桌旁，坐到了对面的座位上，让服务员送来一杯芒果汁。

我把买来的整盒饼干连纸袋一起递给她，说："这是给你的礼物。"

响子发出一声欢叫，只是那声音好像感冒了一样，有点沙哑。"多谢你来看我。"

"你是什么时候来这里的？"

"三年前吧。"

"你不唱歌了？"

"不唱了，只演奏。"

"那岂不是很不过瘾？"

"有点！但是一直不知道哪里招歌手。"

我没有勇气再追问下去，就换了话题："你们只翻唱歌曲？"

"是的，而且限定为七十年代及之前的歌曲。亚纪，你现在做什么呢？"

"我做 DTM，你知道 DTM 是什么吗？"

"就是用电脑制作音乐的人吧。"

"我还买了 AMS，与电脑配套一起买的。"

"真厉害！那么，你是真正开始了音乐创作事业啊。"

"还说不上呢。AMS 功能强大，但正因为功能太多，反而很难调好。"

就在这时，一个男人走到了我们的桌旁。这是一个素未谋面的绅士，银发飘逸，泛着青色的夹克与他的窄腿裤相得益彰，里面穿着开襟衬衫，脖子上围着几何图案的丝巾，显得非常潇洒。

绅士向我点头致意，然后礼貌地前倾着身体，在响子耳边说了些什么。

响子点了点头，起身从隔壁桌拉过来一张椅子，请绅士坐下。这时店员送来一杯饮料，杯壁上装饰着绿色的果实。

"打扰你们谈话的雅兴了，实在不好意思。"绅士郑重地向我低头致歉。也许是身体哪个部位不舒服吧，他的动作十分迟缓。

响子介绍道："这位是菅埜先生，他是我的老相识，是发声训练师。"

这位先生响子在与我组建乐队之前就已经认识，而且得到过对方很多的帮助。

"菅埜先生原来在音乐大学任教……"

"您是古典音乐系的？"

"是，古典音乐。"

那么响子歌声如此动听，也是因为菅埜先生的培养吧。

我怀着敬仰的心情望过去，菅埜先生显得有点难为情："之所以指导响子，是因为我与她的父母是熟人。既不是为了让她考音乐大学，也不是为了培养她成为专业歌手。只要响子因此而爱上音乐，那我就觉得一切都值了。"

菅埜先生喝了一口青柠苏打水，对我说道："天海，听说之前你和响子一起组建过乐队？"

"是的。十多岁的时候，我们组成了乐队，一起奋斗到二十出头的时候。"

"听说还取得了不错的成绩。"

"虽说成绩不错，但也就是业余爱好罢了。我们在一些地区性的音乐大赛上得过奖，也在酒吧等地方演奏过，但是工作之后就没有办法再坚持下去，最后不得不解散了。"

响子插言道："那个时候，我和亚纪是合唱。女子双人组合演唱摇滚，这是我们乐队的卖点呢！"

我微笑着摇了摇头："实际上，唱得好的只有响子，我只是仗着年轻瞎吼而已。"

"亚纪有作曲的天赋，所以我们经常唱她原创的歌。那个时候，真的非常快乐！"

响子将我的重心已经转向 DTM 的事情告诉了菅埜先生。菅埜先生好像对这方面的事情也感兴趣，就问我："你使用什么软件？"

"我使用的是 AMS。"

"那你是当作事业来做的呢！"

"我这个人很讲究，如果声音不够逼真，马上就会感到兴味索然。所以，即使花大价钱，也一定要使用接近真实声音效果的软件。"

DTM 是指借助电脑完成从作曲到演奏的所有工作。制作者需要像演奏乐器一般让"电子声源"发声，并从"声库"中选取自己心仪的声音合成人类的歌声。AMS 软件既有演奏软件又有声音合成系统，因而价格非常昂贵。而且，如果电脑配置不高，那么即使安装了软件也无法正常工作。这一切都决定了 AMS 不是一般人能轻易下决心购买的软件。但是由于这个软件的预置"声源"与合成高音质声音的功能实在是太优越了，我还是狠狠心，倾囊购买了。

与雅马哈的 VOCALOID[①] 系统不同，AMS 并没有官方指定的"代言歌手"，但是该软件调整音质的功能出类拔萃，甚至可以轻松合成古典风格的男女混合七重唱，因此能够自创"虚拟歌手"，并以其为中心创建一整支乐队。

---

① VOCALOID 最早指以制作 DTM 为目的的声音合成技术，后由雅马哈集团帮助其商业化并最终发展为歌声合成器技术以及基于此项技术的应用程序。借助该程序，用户可以通过输入歌词和音符的方式让软件唱歌，并配合加载伴奏数据来完成整支音乐的制作。

菅埜先生问道:"你所创作的歌曲都放在哪里呢?"

"我上传到专门面向 DTM 作曲家的网站上了。网站管理员会代办作品的购买或销售手续,非常方便。"

"听说现在很多专业的作曲家也都加入了这个阵营,好像是一股热潮呢。"

"菅埜先生也对此感兴趣吗?"

"只要是音乐方面的,无论什么我都感兴趣。"

我们就这么无拘无束地谈了一会儿。看起来,菅埜先生是那种可以为音乐废寝忘食的人。

在第二轮演奏将近的时候,响子离开了座位。我以为菅埜先生也会离席,但看他没有动,就问他:"您要不要加点饮料?"

菅埜先生摇了摇手,说道:"响子总是说起,如果还能再和你一起组建乐队就好了。"

我感到有点意外,如果响子一直这样想的话,那么之前她应该有很多机会邀请我。乐队已经解散五年了,在这期间,我们之间完全没有任何联系。

"也许是因为我离开了现场演奏这个行业吧。"

"不过你一直在作词和作曲吧。即使你们不能再组队演奏和歌唱,我还是很希望你能安慰一下响子。"

"响子的嗓子受损了吗?"犹豫了半天,我还是决定开口询问，"非常抱歉，但这件事情我也不方便直接问她。如果菅埜先生知道些什么，还请告诉我。"

"她切除了部分声带。"

"什么时候的事情？"

"两年前的事情了。当时她染上一种新型传染病，整个咽喉都受到了病菌的感染，声带也遭受了侵袭。部分患上这种病的人，病灶部位甚至会发生癌变。虽然响子的病情没有那么严重，但也不得不切除了被病毒侵蚀的部位。"

菅埜先生又叹息最近地球的情况实在有点奇怪，各种奇病怪病防不胜防，最后仍庆幸道："万幸的是，响子还能够唱歌。"

"太好了！那她还在请您帮她训练发声吗？"

"是的。虽然音域有点窄了，但是响子的嗓音还是非常动听。这么问有点失礼，亚纪，你现在从事什么工作？"

"在普通的公司工作。因为如果没有工资收入，也就无法购买 AMS 之类的设备了。"

"你的家人呢？"

"我是单身一族，父母都在老家。"

"那么，也就是说，你只有现在可以自由支配自己的时间了。只有这段时期，你才能帮助响子实现她的愿望。"

这时舞台上响起了安静的旋律。歌手悠扬的歌声伴着舒缓的钢琴曲, 描绘出了一个站在高岗上的愚者。

菅垈先生稍稍向前探了一点身体, 靠近我的耳边, 用清晰的声音说: "你知道吗? AMS 的声库中, 有一份数据是采自响子的。"

我忍不住倒吸一口气: "那应该是商业机密吧。"

"是的。原则上, 关于 AMS 素材数据的信息都是非公开的, 无论是男声还是女声。其他素材的来源我也不了解, 无论是预设还是自选部分。但是在开发 AMS 时, 是我向公司的策划部推荐了响子。"

我还以为, 自乐队解散之日起, 我就与响子彻底分别了。但实际上, 我每天都在毫不知情地通过电脑使用她的声音!

菅垈先生问道: "天海, 你觉得现在这个世道如何?"

"您问的是?"

"人类是不自由的生物。无论怎么努力去追求更加美好的生活, 都会被自身的愚蠢、卑劣扯后腿。但是, 即使是这样的生物, 也藏着令人难以置信的产生'美'的能力。不凑巧的是, 只有人才能创造艺术, 其中的一种'美', 就是'音乐'。"

我沉默着没有作答, 因为我无法推测他话语的真实用意。

菅垈先生从口袋中拿出一张名片, 递给我: "响子经常来我这里。你联系不上她的时候, 就请打电话到这里。即使我不在, 也会有人应答的。"

名片上写着他位于西宫的住址和电话号码。

当台上开始流淌类似于长笛的电子音乐声时，菅埜先生从椅子上站起身。他神情痛苦，好像忍受着剧痛一般，语调缓慢地说道："我身体不舒服，先告辞了。"

那天我所见到的白色"海葵人"，渐渐地开始在其他地点现身了，如大阪北区的繁华街道、神户三宫站前的主干道。神户元町的中华街广场上有一个凉亭，有一次我甚至见到一个"海葵人"坐在凉亭前，忍不住大吃一惊。当时，尽管大家都不知道那究竟是什么，却不以为意，甚至开玩笑说："也许它是来吃老祥记的猪肉包的吧。"我觉得，也许是因为它酷似人的外表，让大家掉以轻心了。

它们总是突然出现，不知道来自何处；演奏结束后，又会迅速消失得无踪无影。曾经有人见过它们乘上面包车，也有目击到有人在为它们的活动提供各种支持，社会上渐渐形成了一个共识：这是一批匿名表演者！

没有人知道这个群体到底有多少人，也没有人见过它们的真实面目。由于除了演奏之外，它们没有任何违法之举，政府机构也就听之任之。也许把它们当成疑犯盘问或者强制带走，都太麻烦了吧。

　　由于它们规规矩矩，也不做坏事，所以它们的表演最近成了广受欢迎的街头一景，甚至有人将面包和糕点递给它们，问道："要不要吃点儿？"

　　遇到这种情况，"海葵人"就会弯下长长的身躯，好像在致谢一样，然后用触手卷起食物放在头顶处，慢慢地吸进身体。还别说，这种情形与真正的"海葵"完全一样。

　　因为它们的外形，高中女生们就给它们起了一个爱称叫"小葵"，甚至将它们演奏的音乐录下来设定为手机铃声。而成年人则把它们叫作"海葵人"。这是因为，面对某家电视台的采访镜头，为"海葵人"提供后勤支持的一个人回答道："请大家把它们叫作'海葵人'吧。"

　　"海葵人"的影像和音乐也不断地被上传到视频共享网站。看了这些视频我才知道，不但在日本，国外也有它们活动的身影。

　　每次在街头见到它们，我都会马上逃开。因为无论如何我都无法忍受它们那种美妙的演奏、那种美妙的歌声，还有让大家都听得如痴如醉的乐曲。而且，我还渐渐观察到，逃离这种演奏的不止我一人。与我一样，总有一些人带着极端痛苦、厌恶的表情盯着"海葵人"。我是否也是带着这种表情仇视"海葵人"，然后从现场逃离的呢？每当想到这个问题，我的心情就会郁闷起来。

自从上次与响子在心斋桥的俱乐部重聚之后，我们白天相聚的机会也多了起来。

响子并不害怕"海葵人"，反而总是很入迷地欣赏。每次我都要非常费力地把她拖离现场。

"为什么你会这么讨厌它们呢？"响子问道，"难道你没有产生心灵受到涤荡的感觉吗？"

"这样的感觉，我一丝一毫都没有。"我一边快步走着，一边没好气地回答，"不但没有这样的感觉，反而会感到非常恶心。我很奇怪，为什么大家能够心平气和地欣赏这样的音乐！"

响子嘴里嘟囔着："我倒是觉得，对于人类而言，这才是最理想的音乐。"

我没有回答。

陪着她购物后，我们在咖啡店谈了很久，这时我才终于了解到乐队解散后响子身上所发生的一切。

几年前，响子的父母遭遇事故身亡了。由于没有收到任何消息，这让我大吃一惊，我甚至没有收到她报丧的明信片①。

响子带着淡淡的表情说，那个时候根本没有那个心绪。因为

---

① 在日本，有每年春节给亲朋好友邮寄贺年卡的习惯。但如果家中亲人去世，则该年不能邮寄贺年卡，只能在接到大家的贺年卡之后，补寄一张说明由于服丧不便贺年的明信片通知大家，并表示歉意。

那时她与哥哥，不，更严格地说，是与嫂子之间，围绕遗产问题产生了很多矛盾。哥哥与她年龄相差几岁，开了一家公司，但由于经营不善产生了债务，自然就产生了让响子放弃继承权、独霸遗产来弥补亏空的想法。

她也一度有过先继承下来，再借给哥哥周转的想法。但在现在这种经济不景气的情况下，钱一旦借出去，很有可能就是有去无还，根本不能抱任何希望。

是为保护自己的权益而抗争到底，还是舍弃这些呢？经过长时间的思想斗争，响子选择了放弃。当时，兄嫂感动得跪在地上流泪，嘴里喋喋不休地重复着感谢的话。但是，后来亲戚们聚集在寺庙为父母举行法事的时候，响子无意间听到了嫂子他们私下的谈话："反正响子早晚会结婚的。只要嫁一个好对象，肯定衣食无忧。她与我们不同，年轻人有美好的未来。"

听到这么无情无义的话，响子只觉得一阵头晕目眩，然后就不声不响地离开了。实际上，哥哥公司的亏空额并不大，来自其他方面的资助也很多。响子不禁想，他们这么做，也许就是变相独吞了父母的遗产。但事到如今，响子连发脾气的力气也没有了，她身心交瘁，完全陷入了虚脱的状态。她说，这件事情让她深深地感受到了家人和外人的可怕。

就是在那个时候，响子的嗓子受了感染，也恢复了与菅埜先生的交往。当时菅埜先生的夫人刚刚去世，长期的看护生活让他也身心疲惫。两个失去家庭的人同病相怜，很快就通过音乐这个纽带结合在了一起。正如鱼儿渴求清水一般，菅埜先生炽热地追求着响子。

响子求我，让我给她听听我用 AMS 制作的曲子，还想让我按照她目前的音域给她写歌，当然，是我们以前那种摇滚风格的歌。

我所创作的歌曲，一直以来都浸润着各种感情：恋爱时的长吁短叹，生活中的孤独与愤怒，遇到知音时的喜悦，渴求知己而不得时的焦躁与悲伤……就像以前一样，响子仍然那样喜欢我的创作。

在公寓里，响子唱了歌给我听。与以前相比，她的嗓音确实失色不少。但是，正如菅埜先生评价的那样，她的嗓音仍然很有潜力。

"亚纪，你设定的虚拟歌手果然是女孩子啊！"响子盯着电脑的显示屏问我。

"你的事我听菅埜先生说了。我选择这个声音是很偶然的，单纯最喜欢这个声音罢了。只是没有想到，这是响子你的歌喉。"我回答道。

"那是一个很不错的工作机会呢！"响子一边笑着，一边模仿AMS输出的声音。不过，我觉得响子现在略带沙哑的声音，比AMS合成的完美歌喉更具魅力。

响子问我："这个虚拟歌手的名字叫什么？"

"露娜①。"

"是指月亮？"

"对。"

"这个名字太平庸了，再好好推敲一下就好了！"

"我想好好推敲的，是音质而不是名字呢。"

我认为，用电脑进行创作时，如果只是让软件原封不动地按照声源去歌唱，那还谈不上是自创歌手。只有通过巧妙地改变声音的频率，让它拥有自己的个性，才能创造出独具特色的虚拟歌手。有时，甚至声音的扭曲都能带来更加贴近人声的效果。喜欢AMS的用户，都热衷于这么独创。

现在音域比较窄的响子的嗓音，以及我调整过的来自声库的响子的声音，尽管它们都源自响子，却朝着不同的方向发展了。如今，二者在我心中共鸣。

那么，我到底更加喜欢哪种声音呢？

当然，我更喜欢响子真正的声音。

---

① Luna，古罗马神话中的月亮女神。

　　响子想让我用 AMS 录制一下"海葵人"的曲子,说要试试填上日语歌词后的效果。

　　我当即拒绝了,说:"别的什么都可以,唯有这个,还是饶了我吧!"

　　每当听到它们的曲子,我的脑海中就会浮现出奇怪的场面:青青的大草原上,无数"海葵人"随风摇动,用铃铛一样的声音唱着歌曲。但是,那里只有柔和的音乐,是一个优美但却冰冷、了无人气的世界!在创作自己的音乐时,我绝对不希望自己的脑海中浮现出那样的世界!

　　在狭小的公寓中,我和响子挤在一间屋子里,身子贴着身子,好像又回到了十多岁。我们滔滔不绝地谈论着,有对过去的回忆,也有对未来的畅想,有现在的心情,有喜怒哀乐,更有兴奋和激动。

　　与以前一样,响子的肌肤还是那么柔软、温暖。

　　把脸靠过去的话,就能闻到香水一样的气息。

　　但是,当我抱怨起"海葵人"时,响子的脸上突然浮现出怒容,与以前发怒时的神情完全一样。她赌气地说:"你再这么说的话,我们就不要再见面了,你也不要再来我们俱乐部了。"

　　我没有把这件事放在心上,因为响子以前也是这样,她的话都是率性而发的。在旁人听来,她说的这些似乎都是蛮不讲理、不近人情的话,但在她的脑海中,这一切都是合情合理的。作为女生,我很了解她这种别扭的复杂心情。

所以,我也根本不会去责怪她。

但是……

进入八月后,响子突然销声匿迹了!

舞台演出表上还是写着那个乐队的名字,但她的名字却从成员名单中消失了。打她的手机也没人接。

我去了那家俱乐部,问乐队队长发生了什么事。结果队长说:"她辞职了。"

我一下子不知道该说什么好,就又问道:"是不是她与大家之间发生了什么矛盾?"

队长回答道:"不是的。其实,很早之前她就说想辞职了。应该是今年年初吧,她说,一直关照她的恩人患了重病,她想去帮忙和照料。这种情况下再挽留她就不近人情了,所以我就让她自己定了辞职的日子。"

如果响子是今年年初就这么说了的话,那么她是在下决心要脱离乐队后,才邀请我来俱乐部的。也许她觉得这是我们最后的见面机会,这才邀请我的吧。

我又追问道:"请问,您知道她那位恩人的姓名吗?"

"名字我不知道，但听说是她很久之前的老相识，是一个发声训练师。"

据我所知，这个人只能是菅埜先生。上次在这里见到他的时候，他的身体活动不便，好像很痛苦的样子。

我按照名片上的号码打了电话过去，接听的是用人。我问她现在响子是不是在那里，她告诉我，响子现在和菅埜先生生活在一起，又说响子他们交代："无论什么时候，都欢迎您来访。响子和菅埜先生，都衷心期待天海小姐的到来。"

我乘坐"阪急电铁"到了西宫。

菅埜先生的家是一个独栋院落。我按了门铃，一个上了年纪的女性出来迎接我，引导我进入房间。我坐在一个六张榻榻米大小的日式房间里等待。

我一边喝着冰冻的绿茶，一边漫不经心地听着远处传来的知了的鸣叫。很快，响子进来了，菅埜先生没有出现。

虽然距离上次见面的时间并不长，但响子整体看来肤色白了很多。按说现在是夏季，她应该会被晒黑一些，但不知道为什么，她却显得很白，白得刺眼。

"好久不见了。"

"是啊。"

响子隔着矮桌，坐在我的对面。

我问道："菅埜先生的身体怎么样？"

"已经好多了，我估计下个月应该可以起来活动了吧。"

"响子，那你还会回到乐队工作？"

"不回去了。"

"为什么呢？"

"实际上，菅埜先生不是生病了，而是异变了，不再是人类了。"

我一时间无言以对，虽然是盛夏，但是我却产生了透心凉的感觉。

我不愿意相信自己居然猜中了。但事实就是事实，不论我接受与否。

响子说道："菅埜先生变成'海葵人'了，他请我在这个变化过程中守护着他。因为在异变过程中，他没有任何防护能力。"

"你说的究竟是怎么一回事？"

响子口中吐出了一个我从来没有听说过的名词：癌干细胞。她说这是"海葵人"后勤小组的人告诉她的。"'海葵人'的细胞与这种干细胞好像有同样的功能，如果将从'海葵人'身上采下来的细胞移植到人的体内，人体就会开始溶融和重新建构，人就会变成'海葵人'。"

响子告诉我，就是为了改变人的性质，才制造了"海葵人"。虽说不知道是谁、在哪里开发的，但当人们注意到时，日本已经有了这种"海葵人"，而且它们还有后勤支持小组。

"改变人类，这是什么意思？"被我追问之后，响子就像菅垫先生之前一样，问道："亚纪，你觉得现在这个世界如何？"

"你的意思是？"

"你有没有想过，要生活在一个更加美好的世界？你有没有讨厌过现在的这个世界？这个人与人相互残杀，这个充满暴力、饿殍遍野，这个相互欺骗、相互伤害，人与人相互施加无言压力、互相监视的世界……！"

"当然了，我也向往和平的世界，只是……"

"'海葵人'所做的，就是对所有暴力的一种抗争，虽然只是很小很小的抗争。但是，如果大家都开始进行这种抗争了，也许这个世界就会发生巨大的变化！"

说到这里，响子站起身说："还是先去探望一下菅垫先生吧。如果你看到他本人，就会接受这一切了。"

响子引我进入另外一间房。开门之前，她叮嘱我："不要吃惊啊，没有什么可怕的！"然后才扭开门把手。

在看清屋内的情形后，我忍不住发出了一声悲鸣。

西式房间内放置着一张床。迎面看到的，是赤身裸体躺在床上的菅埜先生。

菅埜先生正在转变为"海葵人"。在他身上，原本是人的四肢已经消失不见了，只剩下头部和躯体躺在那里，偶尔会痉挛一下。

我只觉得一阵天旋地转。响子扶住了我，把我搀到菅埜先生的床边。

站在床边，一切异样尽收眼底。

不知道是在沉睡，还是已经失去了人类应有的意识，菅埜先生双眼紧闭，本来应该是四肢的地方，现在正生长着乳白色的突起。在这些位置上，大约会是新的手指一样的东西正在逐渐生长。他的脸和身体白得似蜡，好像已经完全失去了血液。

"再过不久，他的身体和头部就会被牛奶色的膜所覆盖。听说蝴蝶将要从幼虫蜕化为成虫的时候，会在蛹中先完全融化，除了神经、呼吸器官和一部分细胞之外，其他部分都会通过酵素的作用分解，重新组合为身体。现在的菅埜先生也是这样的。"

"他的四肢呢？"

"已经被融化和吸收进体内了，它们会成为身体重组时的养分。我的任务，就是在异变结束之前守护着他，不让任何人看到他。当他成为'海葵人'后，我会为他提供后勤服务，带着他到各处去表演。"

"你在说什么啊，响子……"

"总有一天，我也会变成'海葵人'的。"

我觉得大脑好像被重击了一下。原来如此，虽然是夏天，但是响子却肤色发白——这就是为了蜕变成"海葵人"而移植了细胞的结果吗？我突然产生了一股冲动，想一下子把响子打倒在地！

响子继续平静地说道："对音乐家而言，'海葵人'是最理想的存在。无论是什么人，听到它们的歌声和演奏，都会拜倒在它们脚下的。"

我近乎哀求地说道："但是，我更喜欢响子你现在的声音啊！比起'海葵人'的声音，比起 AMS 声库里你过去的声音，我觉得响子现在的声音和歌唱更加丰富和完美！歌唱，并不是只需要技巧就可以了的啊！"

响子缓缓地摇着头："人类完全不能与'海葵人'媲美。自从听了'海葵人'的歌声之后，我就觉得自己再也唱不出歌来了。比起人类，'海葵人'的歌声更有魅力。人类根本无法胜过它们。我的耳朵和心，已经完全被'海葵人'夺走了！"

"但是，你不是唱了我创作的歌曲吗？"

"是的，当时我非常快乐，好像又回到了曾经。作为人类最后的回忆,那些日子非常快乐。"

响子再次俯身去察看菅埜先生。"菅埜先生之所以决定变成'海葵人',也是出于同样的原因。他是一个觉得除了音乐之外,再也没有别的生存意义的人。而且,'海葵人'不仅能够用音乐让人陶醉,还能用音乐改变人们的精神。它们发出的声波之中蕴含着不可思议的力量,可以消除人类原有的残暴性和暴力冲动!"

"你是说,它们会用特定的声音频率,破坏人的大脑?"

"好像是这样。"

"为了剥夺人类的暴力,'海葵人'就可以向人类滥施暴力?"

"'海葵人'只是在演奏和歌唱而已啊!"

"那么,究竟是谁出于这个目的创造了'海葵人'?"

响子没有回答,她空虚的眼神越过了我,望向远方:"我想看到没有争斗和仇视的世界。我不敢奢望这样的世界会永恒,但是只要有那么一瞬间,我就心满意足了。我想看到这样的世界。"

"这样的世界哪里都不存在,今后也不会出现!这个世界,永远充斥着各种劣质玩笑。但是,你不能因此而断定,不值得在这个世界生存下去。"

"……很久以前,一位哲学家说过:人只是一枝芦苇。如果真是这样,你不觉得,我们应该成为一枝出色的芦苇吗?"

我一把打开响子的手:"我要回去了!"

"在变为'海葵人'的过程中,我希望亚纪能够守护着我!"

"你是说,想让我也变成一个'海葵人'?"

"这件事我无法强迫你。但是,如果你真的也成了'海葵人',我会非常开心。因为我希望能够再和你一起歌唱。"

"打住,我永远不会答应你这个要求!"

"为什么?"

"我是人。我永远不会舍弃人这一身份。与其成为一个'海葵人',我宁愿选择作为人走向灭亡。无论这是一个多么愚蠢的选择。"

响子仍然无动于衷,她拿起放在床边的电吉他递给我。由于已经被使用很久了,吉他琴身已呈现出金属红,正无言地述说着我和她之间的漫长友情。

"这个对我已经没有任何用处了,给你吧。"

"我不需要。"

"为什么?"

"我想要的并不是你的吉他,而是你啊!"

响子盯着我,眼光犀利,但是她什么也没有说,就这么放下了吉他。

我机械地重复着:"我要回去了。"

响子说:"你回去吧,忘掉这一切。亚纪,你是一个优先考虑自己的价值观而非法律的人,你是这样的人。不过,如果你珍惜我们之间的友情,就不会告诉任何人这里发生的事情吧。况且,即使你说了,也无法挽回什么。"

我们就这么对视着,持续了好长一段时间。

响子迈前一步,探过头慢慢地蹭了蹭我的脸颊。与以前不同,现在的她脸颊有点冰凉。这种舍弃人类身份所带来的冰凉,意外地让人感觉很好。在短短的瞬间,我们轻轻碰了一下嘴唇。

"再见。"不知是谁先说了这一句。之后,我们拉开了距离。我扭开门把手,打开了门。

门外酷暑炎炎。我想,我来的时机真的错了。我产生了一种感觉:自己与这个世界的所有联系都戛然而止,一切都将轰然崩塌。我的眼泪夺眶而出,停不下来。

我没有前往警察局告发,没有匿名报警,没有把这个消息透漏给杂志周刊,更没有到网络上发布传言。

我把家搬到了听不到"海葵人"歌声的地方,那是一个地处偏僻的小城市的公寓。我在那里租了一间房,做足了隔音措施,基本上足不出户。现在已经进入了网络购物时代,只要点点鼠标,就能买到新鲜的食材。只要没有坐吃山空,完全可以过"全宅"

的生活。

不得不外出的时候，我就会戴上降噪耳机和随身听[①]，边走边听音乐。虽然我也知道这些措施无法完全隔绝"海葵人"的声波攻击，但是哪怕只能发挥一丁点儿作用，我也想好好保护自己的大脑。

我不与任何人见面，就这么独自窝在房间里，像与响子重聚前那样坚持用 AMS 作曲。新曲完成之后，我会上传到网站。正如响子加入"海葵人"阵营时的毅然决然一样，我绝不会让人类创作的音乐从这个世界上消失，这就是我能做的唯一抵抗。

电视和网络新闻都在报道，说"海葵人"的数量在呈爆炸式增长，但是几乎没有人谴责这种增长。即使偶尔在网络上有一点负面评论，也会由于受到网民的口诛笔伐而很快消失。随着"海葵人"数量不断增长，上传到网站的新曲数目迅速减少，自创的"虚拟歌手"也不见了踪迹。此前红火的业余爱好者音乐市场如退潮般衰落，专业音乐市场也未能幸免。

理由显而易见。只要看看周围潮水般涌现的"海葵人"，以及街上那些陶醉在它们歌声中的人群，你就会明白：一切是受了什么影响，什么已经难以为继，现在究竟发生了什么。

---

① Walkman，最早由日本索尼公司开发的产品，即随身携带型的袖珍音乐播放机。

但是，我还要坚持不懈地作曲，直到网站被关闭。

此前听响子说，"海葵人"是通过接受细胞移植来增加数量的，但此后不久，它们就开始自我繁殖了。如果遇到合适的对象，两个"海葵人"会先进行合奏，当它们演奏的音乐形成双方都满意的悦耳和声后，其中的一方就会吞下另外一方。具体的做法是用长长的触手卷起对方，放在自己头顶的洞口处，然后用力塞进去。不知道是不是没有疼痛感，在这个过程中从来没有人听到它们发出悲鸣，双方就这么轻描淡写地往下吞，或者被吞下。

之后，吞下另外一方的"海葵人"的身体会膨胀为原来的两倍，两周之后开始产卵。它会用触手从头顶的洞口慢悠悠地取出像鸡蛋一样的卵，密密麻麻地排到公园的树荫下，或者阳光照射不到的大楼墙壁处。

从卵里孵化出来的，是手掌大小的"海葵人"。我在视频网站上看过"海葵人"破卵而出的瞬间，这些乳白色的、长着手脚的"海葵人"们，破开外壳、竞相拥出的场景，像噩梦般不祥而美丽。

第二代"海葵人"刚刚出生时，逃跑的速度快得令人瞠目结舌，人类根本无法徒手抓住它们。它们不像第一代那么高大，但这也意味着可供它们繁殖的地域更广了。

政府终于开始采取措施驱除它们了，但为时已晚。它们不但拥有不亚于蟑螂的强大繁殖力，而且还有人数不断增长的后勤支援。这些后勤支援小组绝不会容许它们灭绝。

"海葵人"在全世界泛滥成灾，不单单在城市里，自然界也未能幸免，甚至传闻连沙漠和废墟连片的战场上也能看到它们的身影。有人说，在内战绵延的地区以及被饥荒侵袭的亚洲，"海葵人"会从那些数量惊人的弃尸中汲取养分，快速繁殖。

在这些狼藉不堪的地方也坚持歌唱的"海葵人"，它们的目的究竟是什么？是想用自己的歌声来终结这个愚蠢的世界，还是为了自己的繁殖渴求更多的尸体？

"海葵人"就像花草一样，紧紧贴在各栋大楼的墙壁上，随风摇曳，一边摆动着触手，一边展开歌喉。越来越多的人开始安静地倾听它们的歌声。

我还是整天宅在公寓里。与响子分手之后，也不知道过了多少日子了。这就是她所梦想的美丽、纯洁的世界？我从新闻报道中"遥望"着这一切，嘴边不自觉地浮现出一丝苦笑。

我为什么与大多数人格格不入，无法喜欢上"海葵人"呢？听到它们的音乐，很多人都会感觉心灵得到慰藉，为了成为它们的伙伴，甚至不惜放弃做人。但是，我却无论如何都做不到。对于"海葵人"，我心中只有憎恨。

也许我正是首先需要被"海葵人"矫正的人吧。不对，如果闭门不出就是被清除的话，那么，打我从这个社会中被割裂出来的那一刻起，我就已经被充分"矫正"了吧。

我从网络上订购了劈柴的斧头，单价为一万日元[①]左右。虽然不知道自己是否能用这么多，但我还是往购物车里总共加了三把。我还购买了催泪喷雾剂和高压电击枪。我曾经一度想留下遗嘱，但后来觉得只是徒然。即使我写了，又有谁会读呢？

我换上新毛衣和牛仔裤，又裹上外套，把必需品都装到口袋里，然后拿了一把斧头，如果三把都带上实在太重，而负重太多会影响到逃命的速度。

与往常一样，出门的时候我戴上了降噪耳机和随身听。外面的世界阳光灿烂，我在街头看到的第一个"海葵人"正在独自展喉歌唱。它个子矮小，是第二代。周围没有一个听众。这是因为"海葵人"的歌声穿透力极强，可以传到很远的地方，早就不需要听众围上来了。我暗自庆幸自己遇到的是第二代"海葵人"，这样我内心的抵触就小了很多。

我挥起斧头，劈进"海葵人"的头部。一阵尖厉的金属般的悲鸣声——你根本想象不到这世界上竟然有这样的声音——穿过降噪耳机的防护，刺入我的耳膜：噗噗噗噗！"海葵人"尖叫着，就像什么东西坏了一样。我用力拔出斧头，一股纯白色的液体喷

---

① 折合人民币六百元左右。

溅而出。"海葵人"全身沾满着黏糊糊的液体，痛苦地满地翻滚，还没有死。我挥起斧头，又劈砍了几下。

我走到繁华的大街上，这里的"海葵人"更是数量惊人，让人恍如误入了它们的老巢。周围的景色看起来也扭曲极了，墙壁上密密麻麻地贴着"海葵人"，仿佛会噼里啪啦地掉下来。

我从街道的一头开始，排着劈了过去。有的是从腰部一斩两段，有的是砍落了一团触手。它们在号啕大叫，在弯腰求饶。我依然毫不怜悯地依次劈下去。每次挥舞斧刃，黏糊糊的液体都会飞溅到我的衣服、头发还有脸上。如果我所劈砍的对象是人，那我如今看起来肯定就像是全身溅满鲜血的杀人狂魔了。

陶醉在"海葵人"的歌声中的人们，最初只是愕然地望着我做的一切，过了一会儿才反应过来，发出阵阵惊叫、四散奔逃。但是，也有人扑上来想制止我。我并没有杀人的想法，就拿出催泪喷雾剂和高压电击枪对付他们。当形势更加不利的时候，我毫不犹豫地抽身而逃。我绝对不能被他们轻易抓到，至少要等我杀了更多的"海葵人"之后。

我拼尽全力奔跑。我的音乐已经败给了它们，我现在只有这一条路可走了。

我是被排挤出局的人。

是一个异端。

是无法成为寻梦芦笛的离群者。

也许有一天，我会被醉心于"海葵人"音乐的人们抓到，进行"处理"——被强行植入细胞，改造成那种只会唱歌的怪物。

但是，只要还没被抓到，我就一定要击溃、踏碎它们制造的这个所谓的和谐世界，将之烧作一片白地。我坚信我不是孤军奋战，肯定还有很多志同道合者会秉持这个信念，与我一道勇敢抗争。

也许有那么一天，我会遇到已经成了"海葵人"的响子。她会拥有比任何一个人类歌手都优美的歌喉，能够演奏如铃音般倾泻而出的天籁之曲。她会缓缓地摆动着触手，傲立在人群之中……那么，面对她时，我会不会挥舞斧头劈过去？

我的回答斩钉截铁：劈，一定会劈！

我一定会将那沾满白色黏液的斧刃，倾尽全力砍入她的喉咙。而在同一瞬间，我的灵魂也会随之死去。

在世人的眼中，"海葵人"和我，究竟哪个会被视为怪物？

这个疑问浮上心头，但转瞬之间就烟消云散了。

眼神

首发于二〇一〇年

异形文集·第四十五卷「附身」

译者 丁丁虫

从人类的视角来看，与神明共存的岁月可谓历史悠久。但对于神明来说，这段历史也许只是祂们漫长生命中的短暂旅程罢了。

我的童年时代，是在日本西部的一个村庄中度过的。

在那里，推开窗户，所见的尽是屋外阡陌交错的农田。北侧绵延的群山，居高临下审视着村庄。入夜，夜鹰发出尖锐高亢的鸣叫。凛冬，为了捕捉田鼠，鹞和隼在空中滑翔盘旋。让人无力招架的严寒自脚底蔓延而上。故乡就是这样一方孤寂之地。

家里除了父母和爷爷奶奶，还有叔父和名叫勋的堂兄。叔父原先离开村子，在城市里建立了家庭，但是因为一些事情，带着勋，两个人返回了故乡。父亲爽快地接受了叔父搬来和我们同住，一家人便每日同桌吃饭。我们这儿，就是还存在着这种人情味儿。

一同生活之后，我发现勋不像我的堂兄，倒似长我几岁的亲哥哥。小时候的我十分胆怯懦弱，总被村子里的顽皮孩子戏弄。比如往我脚下扔断腿的青蛙，或是在我裙子口袋里放蟑螂等等。每次被欺负的时候，我也只能哭喊几声而已，但自从勋来了之后,这种恶作剧就少了很多。

　　我被欺负的时候,勋一定会挺身而出,制止他们。勋并不会使用暴力,而是进行劝说。不过当勋和他们谈过之后,那些人总是会来向我道歉。他们并不是出于无奈,而是真正认识到了自己的错误。对当时的我来说,这简直不可思议。我问勋是怎样说服对方的,勋有点害羞地笑着回答:"我对他们说,我能看到很多东西,如果做了坏事,会有不好的未来。"

　　勋就是这么一个说话奇怪的少年。

　　那是在我九岁那年,盛夏时节发生的事。

　　西下的夕阳犹如熟透的柿子,将整片天空染得如火烧一般透红,又逐渐熄灭归于沉寂。排列在乡间小道上的陈旧电线杆,慢慢只剩下黑色的轮廓,蝙蝠也从洞穴中飞出来,开始追逐捕食飞虫。我们同小伙伴们玩得起劲儿,等到反应过来的时候,天色已经晚了,于是我们在小路两旁的虫鸣声的驱赶中,慌慌张张各自回家去。

　　就在这时,狭窄小路对面,有一个奇怪的身影朝我们靠过来。他的双臂很长,几乎不像是人能长出来的,走路的姿势也十分奇怪,一蹦一跳的,像是受了什么伤似的。那个像人却根本不是人的怪物,每一跳都大大缩短与我们的距离。一步一步,一步一步,逐渐靠近。

勋在我耳边悄声说:"别看,也别发出声音。继续走,装作什么也没看见。"

我按照勋的嘱咐,死死地盯住自己的脚尖,径直向前走,心里默念着"不看不看,我什么也看不见"。我就这样边念边走,腿越来越麻,步子也越来越小,但还是尽力支撑着往前走。

在和那令人毛骨悚然的黑影擦肩而过的瞬间,四周突然暗了下来,那东西发出的声音像蛇一般钻进我的耳朵深处。

"啾、啾、啾。"

大脑中似是有一根手指在不断搅动般,让人痛苦难耐,想要大声叫出来。虽然只听到了声音,头颅中却像是有象征灾祸的文字不断蔓延。代指诅咒和杀戮的不详之词如蛊虫一般在身体中游走。

勋紧紧地握着我的手。

带着人类独有的温暖。

正因为如此,我才能坚持下来。

那灾祸之音渐行渐远。当勋说"没事了"的时候,我才抬起头四下看去。借山顶残照的余光,我把周围看得清清楚楚。四下里都已经见不到那黑影的踪迹了。

我惊魂未定地问:"勋,刚才那是什么东西?"

勋却吞吞吐吐地答道:"我也不清楚。"

"你也不知道?"

"嗯,我不知道那怪物到底是什么,不过知道一些防身的办法。"

"勋,那些知识是谁教给你的呢?"

"我爸爸。"

勋像是什么也没发生过一样,牵着我继续往前走。我紧紧回握着勋的手。勋说没事,那就是真的没事。以前如此,以后也一定如此。

在当时,村子里还保留着一些奇怪的风俗。

其中之一便是唤作"桥渡"的仪式。小孩长到十岁的时候,父母便会带着他们入山,然后走过一道用作举行仪式的吊桥。吊桥横跨山谷,距河面高度十五米左右,有风时便摇晃得厉害。

举行仪式的时候,村民们会在吊桥的中央铺上正方形的黑布,并将黑布的四角用钉子钉在桥身的踏板上。

参加仪式的孩子必须独自上桥,越过黑布,走到对岸。这样仪式才算完成。黑布表示洞。很久以前,举行仪式时会抽掉一块木板,造出一个真正的洞来。不过现在为了避免意外,便由黑布所造的假洞代替。但即便做了这个改动,也没有一个孩子能放心大胆地走过吊桥。有的孩子太害怕，过桥的时候甚至会坐在桥上哭，一步也不敢再走下去。如果无论如何都不能坚持完成仪式，就只能等待下次继续挑战。年复一年，直到能够顺利通过为止。

无论多么胆小的孩子，也会在十二岁之前完成这个挑战。因为即使是小孩子，也有脸面和羞耻的观念。

在我十岁的时候，我和勋一起参加了仪式。在这里，年龄相差不大的兄弟姐妹经常会一起参加仪式，我们家也是等到我们两个的年龄都合适的时候才举行仪式。

盛夏时节，大人们选了一个风和日丽的日子举行"桥渡"仪式。

蝉鸣声声，弥漫四周的浓郁林木气息让人心头憋闷。大人们带着我们这一群参加仪式的孩子慢慢走在山路上。我还记得山路虽然算不上崎岖，但一路走过去还是花了不少时间。

到达吊桥之后，我们在桥头抽签，决定过桥的顺序。

抽签的结果是，我在前，勋在后。

我怕高，又因为一贯胆小，所以很紧张，只想逃走。勋却有些抱歉地对我说："对不起，华乃，唯有这一次我不能帮你。你要自己努力完成。你必须靠你自己。"

我只能点头接受，自己一个人心惊胆战地过了桥。

接下来，就该勋了。他先向在桥头等候的大人们低头行礼，然后走上了吊桥。

虽说是简陋的吊桥，但桥身却十分结实稳固。只要过桥者重心一直保持在桥身中央，吊桥便不会晃动倾斜。勋走到黑布附近的时候，加快了步伐，作势纵身越过。但就在这时，河面突然起了一阵狂风，桥身犹如巨浪中的小船，摇晃不已。

吊桥两端顿时响起大人们的惊呼声，而勋却连呼救的时间都没有。当吊桥恢复平静的时候，桥上已经不见了勋的身影。

现场一片混乱，大家都惊慌失措。

我呆呆地站在喧闹的人群中。

我看见了。从桥中央钉的黑布里，突然伸出两只通红的手臂，紧紧抓住了勋的双脚，把他拖进了黑布。

有人在离吊桥不远的河流下游处发现了勋。

勋头部受伤，昏迷不醒，但还有呼吸。村里的医生给勋做了诊断，说他的情况十分危险，但奇怪的是，大家并没有送他去市里的大医院就医。

村长和村子里的长者们聚在我们家，和我父母及叔父一起，一群人遮遮掩掩地商议着什么。

来调查的警察反应也十分奇怪，他低声说过"哎……毕竟是'桥渡'仪式"后，便一直嘟哝着我听不懂的话。

邻居们也聚在路口交头接耳，谈论着一些怪异的事情：

"会不会跟那位老婆婆的去世有关？住在大山里那位。"

"不过是时候到了罢了，哪有这回事。"

"我看勋这孩子，可能是被选中的替身。"

大人们口中坠桥事件的经过，是因为突然刮起狂风，勋才失足坠桥。

没有人提到过那双从黑布里伸出的红色手臂。

我没有把当时看到的景象告诉任何人。村子里充斥着难以言说的奇怪氛围。从某种意义上来说，这比坠桥事故本身更加恐怖。

勋的病情日益恶化，甚至连我都不允许再去探望。

我的母亲和奶奶轮流照顾他。叔父不时出门买东西，回来的时候，手拿深色纸袋，偷偷望着躺在房间里的勋。

令人发寒的低沉气氛，默默盘旋在家中。

我独自玩弹珠的时候，脑海中不禁浮现出和勋相处的点点滴滴。我们在后山一起跳瀑布潭，一起去扑蝶捕蝉，一起吃冰淇淋，也在暖炉下互相依偎，真是静好时光。

仅仅在心中回想，就能感受到那温暖的气息与声音。对我而言，勋早已是超越堂兄妹的存在。

我躲在没人看见的角落，一个人放声哭泣。

勋发生意外后的第十天，叔父突然叫我去他的房间。

他笑着对我说："勋已经没事了。明天你就能见他了。"

"真的吗？"

叔父用温暖的大手摸了摸我的头："勋还要一段时间才能完全恢复，下床行走。不过现在至少有精神说话了。"

"这真是太好了！"

"你很害怕吧？现在可以安心了。不过，叔父有一件事要告诉你。以后，勋会承担一些重要的工作。他虽然还是个孩子，不过已经能帮大人的忙了。希望你能够明白。"

"工作？是像爸爸一样，去公司上班吗？"

"不，他只需要在家里工作。不过只要工作来了，哪怕你们正在一起玩，他也必须离开，到我这里来。"

在床上躺了多日的勋，看上去成熟许多，有了大人的样子。虽然温柔的样子依旧，但整个人看起来更加纤细空灵，像是文艺舞台上早熟的孩童一般，举手投足间也多了几分独特的馥郁和优雅。

我看出勋的身上发生了很多变化，却又说不上来到底哪里变了。

从那以后，只要叔父召唤，勋就会去里间正厅。大多是在周末的晚上，有时候会非常晚。他似乎是去正厅同来客会面相谈。

那些时候，来的都是不认识的人，大多穿着笔挺的西装，看上去像公司高层和村里出身的议员。叔父负责接待，勋负责交谈。所以，客人都是冲着勋来的吧。

这些人，到底想从勋那里得到什么呢？

我怎么想也想不通这件事。

但是，正厅众人之间总弥漫着一种说不清道不明的气氛。

勋像这样工作了五年后，我家来了一位贵客。

那位客人在某个寒夜同夜幕一起降临。即使是年仅十五岁的我，也曾在电视节目中看见过他。

我心跳如擂鼓，找了一份旧报纸仔细确认。报纸版面上，有张照片中的人和这位客人一模一样。

这位客人是经济产业省①的高官。

客人离开后，我悄悄去正厅偷窥。叔父送那位贵客出去，但勋应该还留在房间里。和我猜想的一样，勋穿着白衬衫黑西裤，

---

① 隶属日本中央政府的直属省厅，负责提高民间经济活力，使对外经济关系顺利发展，确保经济与产业得到发展，使矿物资源及能源的供应稳定而且保持效率。

端坐在座位上，失神地盯着榻榻米上摆放的双份茶水点心。他的神情看上去相当疲惫，没有意识到我溜进了房间。我正打算叫勋，但就在那一瞬间，我惊呼出声。

当年见过的红色双臂，正缠绕挥舞在勋的肩膀上。手臂的轮廓模糊，闪烁着仿佛耀阳般的光芒，那十指如弹奏钢琴一般不断地飞舞。

我被吓得瑟瑟发抖，勋终于抬起了头。而在勋的头后面，又浮现出另一张面孔。那张脸和他肩上挥舞着的双手一般火红，双眼处空空如也，面上只有一张大嘴，嘴角下沉，嘴中密密麻麻挤着漆黑的牙齿。

勋慢慢将视线投向自己的肩膀，然后看着僵硬石化的我，叹息似的说道："华乃，这里不是你应该来的地方。"勋慢慢从榻榻米上站起身，转身用后背朝向我，"华乃，你也能看到它吧？"

勋背后燃烧舞动着的红色物体，大小犹如成年的猿猴，它蜷缩的身躯和手足的长度也像极了猴子。它的身体并没有清晰的轮廓，如火光般不停地跳动摇晃着。

勋神色落寞地说："其实还是什么都看不见才好……因为看到了，就知道了这个世界背后隐藏的秘密。"

砰——

伴随着好似被扇了一巴掌的冲击，我的意识在慢慢恢复。

不知为何，我已在自己的卧室，而不是正厅。

叔父正坐在我的对面，问道："你醒了？"

听着叔父的声音，我茫然地环视四周。在这之前，我好像一直昏迷着坐在地上。而逐渐清醒之后，我的身体再次因为恐惧而颤抖起来。

我后怕地问叔父，那到底是什么东西。"勋背后燃烧的到底是什么？"

"那是寄宿在勋体内的眼神。"叔父的语气舒畅而平静，"那是传授人类智慧的神明。"

"智慧？"

"是的。眼神大人会轮替附身在我们村子的村民身上。'桥渡'不仅是孩子们的成人仪式，也是几十年一度的附身仪式，用来挑选合适的附身者。在勋被选中之前，眼神一直附身在大山里的那位老婆婆身上。后来，住在山里的那位老婆婆去世了，于是眼神开始挑选新的宿主。"

"可是，那位神灵附身，是要做些什么呢？"

听到我的疑问，叔父脸上露出微笑："借附身者之口晓谕众生，告诉人们在困顿迷茫之中应该怎么做。大山里的老婆婆担任附身者已近五十年了，差不多到换班交接的时候了。"

据叔叔说，来我家拜访的都是站在人生的十字路口，不知该做何抉择的人。眼神通过勋之口，告诉他们应该做出怎样的选择。

"这位神灵眼中所见的，并非外面的大千世界，而是自身内部。那是不受时间与空间限制束缚的广袤宇宙，连人们在困境中应该做出什么样的抉择都能看得清清楚楚。在'桥渡'仪式中，勋被选中担此大任。华乃，你愿意和叔父一起守护勋吗？"

翌日，在正厅碰到勋的时候，我叫住了他："勋，我有些话想和你说。"

勋坐在暖桌前喝着热的柠檬果汁。今天没有看到他背后的怪物。或许那怪物只有在勋灵感集中、全神贯注之时才会现身吧。现在的勋，看上去只是一位普通的十七岁少年。

"华乃，你要不要也来一杯？"勋拿着杯子和勺子问，我点点头。勋在马克杯中放入柠檬粉，再倒上电水壶里的热水，搅拌均匀，做好了一杯果汁。

"父亲对你说了很多吧。"

"嗯，是的。"

"我不过是神明在现世中的肉身寄托之所罢了。我的职责就是将神灵的谕旨转化成人类的语言。"

"勋，它为什么选中了你呢？"

勋落寞地笑了。明明是被神灵挑中的附身者，勋却没有表现出相应的自豪与骄傲。或许，勋根本不喜欢这份工作，不过是遵循习俗罢了。他已经被神灵选中，自己也无能为力，只能接受现状。

"我本来还担心，眼神也能看到华乃。"勋一边抚玩着杯子，一边说，"华乃应该也有这种天赋吧。"

"什么样的天赋？"

"能见常人所不能见。"

这让我回想起当年的坠桥意外。在场众人中，只有我看清到底发生了什么。谁也没有提到过真相，难道就是因为只有我能看见吗？

"那代宣神谕这个工作，你要做到什么时候才能结束呢？"

"一辈子。"

"什么？难道连结婚都不可以？"

"嗯。"

"这也太过分了！勋，怎么可以为了他人的幸福，就牺牲掉你的一生呢？"

"会有补助金的。"

"那是什么？"

"你知道，我们的村子很穷、很落后。但是，如果我代宣神谕，政府就会给村子拨款。因为会有很多事情需要向我征询意见。"

我想起了那位经济产业省的高官。或许除他之外，还有很多政治经济界的大人物来过吧。

我喃喃地说："那位神灵，可以驱走吗？"

"驱走？"

"驱除附身的精怪鬼魅，它就会离开吧。"

"这是不可能的。那可是神明，而不是妖狐邪祟之流。"

"难道神明就不行了吗？"

"我不太清楚，但是应该很困难吧。"

"我一定要找到将神灵从你身上驱走的方法。一定会有的。"

"华乃，你要怎么找？"

"我要先离开村子。等高中毕业，我就去大一点的地方，在那里寻找驱神之法。找到后我就回来见你。"

"华乃，你是认真的吗？"

"嗯。"

我向勋伸出手。那一瞬间，勋的脸上露出了错愕的表情，但还是带着少许羞涩伸出了手。我们紧紧握住了彼此的手。

"千万不要勉强自己。不要做一些冒险的傻事。"勋恳切地劝我。

"没关系。我一定会找到驱神之法的。勋，我一定能帮到你。"

高中毕业以后，我便离开村庄去城市独自生活。我找了一份与家人和亲戚都没有什么牵扯的工作。这也是为了不让闲话传回村子里去。在工作的同时，我孜孜不倦地搜寻着民俗学和文化人类学的相关文献。市里的图书馆有很多这方面的资料，我也会上网咨询专家。

根据众多的资料，我了解到我所在的西日本，自古以来便有很多附身之物存在。附身一说就像一个维护农村社会结构稳定的系统。人有贫富差异、时运好坏之分，村社中的人也有宗族派系之别，种种因素错综复杂交织在一起，村中自然会生出矛盾不平。能将这些从心理上消除的理论便是附身之说。这是基于民俗学的一种思考角度。谁家得福是因附身之物，谁家遇祸也是因附身之物。如此一来，便替这说不明道不清的时运之事找了一个能自圆其说的理由。靠这样的说辞，人们便能消除心中不平。

同时，书中也记载道：要想驱除附身，按照一定的步骤来做十分关键。

能驱附身异物的咒术，一般都是基于某种完整成熟、逻辑缜密的理论。只要在施咒时依照规则行事，附于人身的灵祟便会退去。

在书上可以找到驱除附身的狐犬精怪以及魂灵的方法，但却怎么都找不到驱神之法。

巫神和神明是应信徒所求短暂下界附身后便会归位的存在。神灵上身都只是一时的，像我老家村中那种神与人共存直至人寿耗尽，此后还会附身于他人的情况，我并没有在资料中查到。

也有另一种可能。或许附身在勋身上的眼神，并不属于用来慰藉人心的神灵附身之说，而是真实存在、真正附身于人的异物。想到此处，我便感到毛骨悚然。

如果那是不能从人身剥离的神明，又怎么会记载有相关的驱神之法呢？这样的念头刹那间浮现在我的脑海中。

但这么一想，把勋从束缚中解救出来的想法反而更甚。

我愈发狂热地搜集文献，沉溺在术法的世界中。

在进行了大致的调查之后，我开始寻找通灵法师。我找的并非寻常之辈，而是见多识广、任何情况都能应对自如的大师。

我计划自己亲手替勋驱除掉那位神灵。考虑到村子的习俗风气，我觉得带通灵师进村会比较危险，也许还会引起混乱，所以打算学会驱神之法的步骤，自己动手。

经过多番打听，我终于找到了自己心目中的人选。那是一位女性通灵法师。我讲清事情的原委和来意、献上礼金之后，她同意教我通灵的术法。

大师第一次见我的时候，就对我说："你有学习术法的天分。如果要学，便万万不可半途而废，以免留下祸根，追悔莫及。"

她的语气很严厉，问我有没有决心系统地学习术法，如果答案是否定的，她不会教我。

"我有决心。"我坚定地回答。

来到城市五年之后，我已经二十三岁了。在这一年，我终于订下计划，决定趁黄金周假期返乡。动身前，大师，也就是我的师父，替我祈福除厄，同时赐予我净化邪祟的宝物。我也做好了驱除神灵的各种准备。

术法最重要的是步骤。按照既定的步骤进行，才能有预期的效果。我们所做的，是通过逻辑缜密的理论，改变世间万物的形态，而不必去纠结附身与驱神究竟本真为何。做法时谨遵师长所授，事物就会产生如多米诺骨牌一般的连锁反应。

这便是我在修行中所学到的术法。

回到阔别五年的家乡，我发现眼中所见一如儿时，一切都没有改变。亲戚朋友都夸我长大了、变漂亮了。问起在城里的生活种种，也劝我该考虑终身大事了。

寒暄告一段落，我便岔开话头，约勋出门散步。

　　农田里已经准备插秧了，四周充满了早已被城市遗忘的浓厚季节感。

　　让我有点意外的是，已经二十五岁的勋在外表上并没有什么大的变化。或许是因为身着旧式服装，不易看出真实年龄。勋就像家人所说的一般，沉稳安静不浮躁，坚定地履行着附身者的职责。

　　"华乃，你变了不少。"勋穿着木屐走在乡间小路上，悠悠地说。

　　"是吗？"

　　"你以前身上的脆弱，现在完全看不见了。简直判若两人。"

　　"那么，勋你呢？"

　　"还是做着那位的附身者。总算也能度日。"

　　我们一边呼吸着田野的芳香，一边默默地走着。儿时走过的道路，现在已经觉得颇为狭窄了。

　　"即使看起来没有什么变化，村子里还是有不少事物和以前不一样了。"勋说道，"年轻一辈都去城市闯荡了，这里应该不久就会逐渐变成荒废的遥远山村吧。到那时，或许也就不需要什么附身者了。"

　　"那么，差不多是时候让那位神明离开了吧？"

　　"即使我说'不'，也没用吧。你就是为了这个才回来的吧？"

勋的脸上浮现出一种仿佛正遥望着远方的透明笑容，"华乃，就明天早上吧。可以吗？"

"只要你觉得没问题，就这样决定吧。"

第二天早上，我和勋一同去往后山。需要的东西都被我装在随身的背包里。已经好多年没有走过的山路，也像田间小径一样变得狭窄。林间飘散着令人怀念的榉树和樟树的气息。到达吊桥处所花费的时间，也比小时候少得多。

山谷四周弥漫着香甜的绿野芳香和流水的气息。我让勋留在桥头等候，一个人走上了那座古老的吊桥。

来到桥中央，我从背包中取出盐和酒，撒在四周，用来清除不洁之物。清酒特有的馥郁醇香弥漫开来，单是气味便能使人陶醉其中。

随后，我模仿"桥渡"仪式的做法，在桥中央铺了一块黑布，用钉子固定四角。所用驱神之物都是从师父那里得来的。

做好了这些准备之后，我便回到桥头，将用稻草做的注连绳系在桥头，封住桥道，并在绳上挂上纸垂[1]。如果是驱魔，还会用上符纸。不过我不知道它对眼神是否有效，不敢胡乱把符纸挂上注连绳。

---

[1] 稻草做的注连绳及纸垂都是日本文化中的祭祀用品，表示神圣的领域。

我回到桥中央，进行最后一项准备。我将塑料瓶中装着的汽油浇在黑布上，用打火机点燃，随后急忙退回桥边。

吊桥熊熊燃烧了起来。我口中一边吟唱着咒语，一边和勋注意着桥上的动静。火焰只在桥中央猛烈地燃烧，并没有进一步向外扩张。桥中央就像是划定了结界一般，烈火只能在结界范围内燃烧。

这时，有一阵猛烈无比的狂风向我们吹来。风声呼啸，嗡嗡作响。狂风将我的身体吹得左摇右摆，站立不稳，仿佛是咒语反噬，向我袭来一般。

不一会儿，桥身如同从中折断一般，轰然垮塌。巨大的火球落入谷中河流，瞬间消失不见了。吊桥在这般猛烈冲击后，只剩下两截残桥黯然垂于两岸山坡。呼啸的狂风也偃旗息鼓。

我终于松了一口气，回头看勋："你有没有感觉到什么不同？"

勋微微侧头，回答我说："好像是有什么不一样，感觉后背变轻了。"

"如果那红色的灵体不再现身，便应该是从你体内驱除掉了。等下次有人登门求谕时，确认一下吧。"

"好。"

我们沿着山路下山回家。这件事尘埃落定后，我仿佛解脱了一般,心中充满从未有过的轻松。

走到山脚下的时候,勋看着我,向我郑重地伸出右手:"谢谢你,华乃。"

"现在道谢还太早了。"

"我知道。不过我觉得必须现在就向你表达谢意。"勋露出了我从未见过的灿烂微笑,温暖迷人。

我也轻轻伸出手,被勋紧紧握住。

这是阔别五年的握手。

勋的掌心没有什么温度,甚至可以说是冰冷。然后,我看见勋慢慢闭上眼睛,就像没有生命的提线木偶一般瘫倒在地,不再有任何动作。过去了好几秒,我才后知后觉地发现自己在尖叫。我摇晃着勋的身体,但他却紧紧闭着眼睛,依然死死地抓着我的手,再也没有醒来。

送灵告别的那一天。

躺在棺中的勋面容安详,像是睡着了一般,仿佛在无声地说,这是最好的结局。

整个晚上,陆续前来祭奠的村民们,视线在我身上扫来扫去,像是在责怪我。或许这只是我的错觉,但我却不能认为勋的死和自己没有关系。

这不应该出现的结局，让我濒临崩溃。

难道是我的施咒步骤有误？难道是我没有成功驱走眼神，反而驱走了勋的魂魄？如果真是如此，那我到底做了些什么啊！可是一切已经无法挽回了。

第二天，葬礼终于结束。在墓园安顿好勋的骨灰，众人用过餐食，逐一道别。这时，叔父凑在我耳边悄声问："华乃，你要在家里留多久？"

"等到头七后再说吧。"

"你最好尽快离开村子，回到城里去。"

"为什么？"

"因为你留在这里越久，越会有人注意到你做的事。"

我的背后泛起一阵凉意。正面看去，叔父的眼睛虽然因悲痛而红肿浑浊、布满血丝，但却能从中看到一个在崩溃疯狂边缘拼命挣扎的勇敢身影。

叔父继续说："你马上收拾行李，离开这个家。永远不要回来了。"

我意识到从小长大的家中已经没有我的容身之处。在叔父提出这样的要求之后，我便开始准备离开。

"你叔父说得有点过分了。"

"你现在又没有什么重要的工作要做，别这么急着走。"

"你在家里再住几天吧。等你叔父的心情好一点,再和他好好谈谈。"

父母这样对我说,但我还是拒绝了他们的挽留,离开了村子。

怀着忐忑不安的心情,我回到了城里的公寓。打开信箱,一封厚厚的信映入眼帘。在看清寄件人姓名的瞬间,我的心脏停止了跳动。

那是勋寄给我的信。

邮戳上的寄件日期是我回老家后的第二天。也就是说,勋在我回家的那天晚上便写了这封信,第二天一早把它投进了邮箱。这是一封勋写于死前——也就是在我驱除神灵之前的信。

我急忙冲进房间,扔下背包,撕开信封,颤抖着打开信。

几张信纸上写得密密麻麻。在这一刻,死者的灵魂复生成文字,如同活生生的勋,向我娓娓道来。

华乃亲启:

不知当你收到这封信的时候,我是已经死了,还是仍然活着呢?

如果我还活着,那么很多事情就不必说了,这封信也没有什么用了,就当一份纯粹的记录,留在你手里吧。

　　如果我已经不在了，信中说的就是对这一路走来的种种事情做出的回答。

　　要将那位神明驱出我的体外，华乃你会采用什么方法，我大约也能猜到。应该是"道切"之术吧。那是封锁神明通行的道路，切断神明联系的方法。不过，一旦将神明剥离出我的身体，我的魂魄可能也会被带走。因为我在当年的"桥渡"仪式中，已经失了性命。如今的我能存活于世间，都是因为神明附在我的身上。当年我从那么高的桥上摔落，怎么可能安然无恙呢？只是因为我被选中做了附身者，神明赐予了我临时的生命罢了。因此我才能继续留在你们身边。虽然只是临时的生命，倒也和常人没什么区别。

　　父亲也发现了这一点。因为他和我流着一样的血，所以能看见神明的真身。父亲似乎并不介意这样的结果。不过，就算不能接受真相，他也无力改变什么吧。相比于我的死亡，现在就算是活死人的状态，又有什么不能忍耐的呢？

　　父亲也知道把我拯救出笼牢的方法，但他无法实行。在情感上，他怎么也无法亲手结束儿子的生命。所以，华乃，即便我因为你的方法死亡，父亲也不会责怪你的。

这是一次豪赌。

如果驱逐神明之后，我还能活下来，那就太好了。因为只要背负着神明，即使我离开村子，也还是会有人为了祈求神谕，千方百计来寻找我。要想打破困局、重获自由，我只能靠你。无论结局怎样，我都会欣然接受，绝不后悔。华乃，你不要因此过分自责。

寄居在我体内的那位神明，到底是何方神圣，我和父亲也从众多资料中得出了一个解释。祂应该是某种高级智慧生命，生活在比人类更高级的世界里。时间和空间的限制决定着人类的行动感知。但是，高次元，也就是四维及以上世界中的高级智慧生命，并不会受到这些限制。

在祂们看来，我们所处的世界，不过是可以随心所欲掌控的事物罢了。这就像是我们人类去看纸面上的事物，也就是二维世界时，会觉得各种规则也不值一提。高维智慧生命认为人类世界的结构漏洞百出。比如，在高维之力的介入下，从尚未打破的完整鸡蛋中取出蛋黄，也不是不可能的事。这类事情并非异想天开，在严谨的学术书籍中也有记录。虽然在我们人类看来，蛋壳是一个封闭的空间，但在高维生命的眼中，那不过是充满疏漏的不严密结构罢了。

　　在与神明的接触中，我发现祂们对我们所处的世界有着强烈的好奇心。之所以说"祂们"，是因为附身于人类身上的高维生命不止一位。在高维世界中，存在高级智慧生命是件理所当然的事情，但在三维世界中，这却是石破天惊般的大发现。早在很久很久以前，神明便在观察着我们所处的世界，偶尔也会主动干涉，回收数据。像我这样的附身者，对于神明而言，就像是生物传感器一样。

　　在我们人类的大脑中，自古以来便有咒术的概念。所谓咒术，是区别于科学的、从另一种角度探索世间未知的常识。与科学相比，咒术的理论并不严谨，满是错漏，对世界几乎没有任何影响。

　　然而咒术为何会反复出现在人类历史中呢？萌芽、发展、消逝，总是如此循环。偶尔在某个时代，咒术也会发挥出巨大的作用。这会不会是因为高维空间某位神明的介入，影响了人类世界呢？我和父亲认为，可能是有神明附身在人类身上，操控人类的身体，将人类发现的并不完善的咒术有效地施展了出来。

　　如果人类与高维生命的关系继续维持下去，人类社会的结构就不会崩坏吧。但是，祂们似乎开始对其他宇宙空间中存在的世界发生了兴趣。祂们也许会结束对人类世界的观察，留下几个同类驻守，然后大部分离开这个世界。

从人类的视角来看，与神明共存的岁月可谓历史悠久。但对于神明来说，这段历史也许只是祂们漫长生命中的短暂旅程罢了。

即使华乃你不施展"道切"之术，神明早晚也会离开我的身体。那时候我也会死。所以我宁愿由华乃你主动替我施术驱神。

因为这意味着我们有拒绝神灵操控干涉的自由。我们能够以此告诉祂们，我们并非任由摆布的低级智慧生命；我们也能让祂们意识到，我们并非祂们的实验动物，而是和高维生命同等的存在。即便如蝼蚁一般渺小，我们也有自己的智慧和思考。

不知道在众多神明离开以后，我们的世界会发生什么样的变化。没有神明的干预，人类的咒术体系还会有效吗？或者将会完全失去作用？我想象不出答案。除此之外，那些被咒术压制的邪祟妖魔，会不会在神明离去之后，大举入侵人类世界呢？

不过，华乃你一定能很好地应对这种情况吧。毕竟你已经成长为大师，能够施展"道切"之术替我驱神了。

要再次强调的是，华乃你做的一切并没有错。我绝不是因为你丧命的，千万不要为此挂怀。

　　华乃，我喜欢你。一直喜欢你。

　　最后能有机会写信告诉你这个想法，我觉得自己很幸福。

　　即使我从这个世界消失，美好的景色也不会消逝。这就是世界的本质。美丽不会因为任何人的离开而褪色。

　　此后，望君珍重。

勋字

　　自那以后，我一直住在城市，再也没有回过家乡。

　　直到今天，我也会时常小心地拿出勋的信阅读。回想起往事，我已经不再哭泣了。只是每当想到他的时候，心里的旧伤便会复发作痛。

　　这是我第一次说起这个故事，或许你会认为这全是我的幻想。即使如此，也没什么关系。

　　我所经历的事，都是真实发生过的。我并非在说不着边际的胡话。这一切都是真实发生过的事。

　　现在我所处的人类世界，岌岌可危。

　　世界各地不断爆发出人类无法克服的疾病，还有无休无止的战火纠纷，每一天都上演着生死轮回。

我不知道这是不是因为神明离开这个世界后导致咒术体系崩溃的副作用。

不过这种虚无缥缈的事情，本来也不是凡人能够控制的。

走在喧闹的城市中，我时常会看到人群中混杂着奇怪的身影。同我小时候和勋一起看到的那个可怕影子一般无二。

那些未知的生物蹒跚而行，口中喃喃念诵着灾祸之语，在日本各地不断涌现，正准备全方位入侵人类社会。

现在的我，即使遇到这样的情况也不会再闭上双眼。我不再畏惧，会用灭灵的咒术将它们完全封杀。

今后，我会继续在这个没有勋陪伴的世界灭灵除祟。

我要以此提醒自己，时刻不忘背负的罪孽和勋的温柔。

功能『十全』的大脑

首发于二○一○年
异形文集·第四十六卷「F的肖像·弗兰肯斯坦的幻想」
译者 姚丹

我曾思考过：夺取其他合成人的生物脑，究竟是谋杀，还是仅像一个机器人从另一个机器人那里拿走了零件。

我并不了解这个城市的过去,因为即便了解了也没有多大的意义。这座城市里最显眼、最高大的建筑,无论是大阪的通天阁、京都塔,抑或是东京的晴空塔,对我而言均没有什么实际意义。

受海风的影响,这个城市一年到头都是湿漉漉的,加上酷暑,我的人造身体几近陷入"失控"的状态。岩岸和海洋生物散发出的腥臭味让我的生物脑感到焦躁不安。

我沿着海边,经过爬满海蛆的道路,如同往常一样走进了闹市区。

这种身长可达十五厘米的海蛆,是适应了这片土地的新品种。海洋在无情地侵蚀着陆地,它们也随之步步紧逼。侵入了内陆的海蛆,现在竟以一副"唯我独尊"的样子生活在这片土地上,即便有人逼靠过来,它们也不会逃窜。

海蛆群聚在一起,晃动着七双脚和两对长长的触角,张牙舞爪地抢食倒毙在路边的猫、海鸟的腐肉，或舐食死在路上的合成人身上渗出来的体液。现在它们爬到了我的脚边。"我还没有死！"我一边嘟囔着一边迅速从它们旁边绕过。

在我看来，众生平等，即使是那些在普通人眼中望而生厌的生物。他们的外表虽然令人作呕，但如果不是它们帮忙处理垃圾，这个城市恐怕早就腐臭难耐了吧。

从白天强烈的阳光照射中解脱出来之后，这个城市终于露出了自己的真容，这也是人们暴露本性、蠢蠢欲动的时刻。就在这时，我身体内流淌着的人造血液也随之沸腾起来。

我是个警察，但没有配枪权，因为我是合成人。

一旦机械脑受到程序限制，与之相连的生物脑也会受到相应的制约。

程序不允许合成人警察用枪来攻击人类。在危急时刻，我们可以采取正当防卫措施，但不能杀死对方，因为合成人无权杀死普通人。即使由于什么阴差阳错，导致我们产生了干掉对方的想法，人造身体也不会按照我们的意志行动。多么"巧妙"的设定！

我总是晚上九点出门，在闹市区晃上两个小时左右，如果没有什么"成果"就乖乖地回去。我并非漫无目的地闲晃，而是一旦发现理想的目标，就立即将其逮捕。只是，我带目标所去的地方，并非警察局。

　　我蹲守在一家二十四小时营业的药店旁，这家药店里的东西应有尽有。经常会有人因为受了重伤奔来求购治疗用具，也有依靠药物维系健康的人嚷着"我的药吃完了"快步而至。如今，在这个国家，这种药店的数量远远超过正规医院。

　　十点左右，目标终于出现并走进了药店。这是一个比我年轻约十岁的公司职员。他那瘦削的身体几乎都是人工制造的，他也是合成人。

　　买完东西后，年轻人走出了药店，边走边拧开刚买的药水大口灌下，那是一种能够提高生物脑活性的合法药品。我慢慢地踱到他面前，掏出警官证并亮出警徽："百忙之中打扰您，非常抱歉。有件事情要请您配合调查。"

　　很明显，年轻人有点惊讶我的出现和话语，但他并没有违抗的意思。因为合成人的大脑均被设定为要顺从某些命令，特别是官方执法机构的命令。

　　我瞟了一眼药店，压低声音说："关于那家药店，我有些话要问你。"

　　"是发生了什么案件吗？我能帮上什么忙吗？"

　　"是的。这里不太方便，麻烦跟我上车。"

　　车子停在路边，我打开了车门，以非常礼貌的态度引导年轻人上车。等他坐进副驾驶席后，自己也坐上了车。在点火的同时，我打开了设置在副驾驶席上的通电装置。

年轻人好像屁股被图钉刺疼了似的一下子弹起来，然后就这么瘫在座位上，双目圆睁，一动不动了。慎重起见，我将"行动控制栓"插入年轻人的颈后部位，才将车开了出去。

上了沿海的国道，行驶了大约一个小时后，我在充电站附近左转，又向北行驶了大约二十分钟，灯火渐渐稀少，黑暗逐渐浓厚，车子向着黑暗处开过去，前方就是我们的目的地，那家医院。

我开着车，穿过这条再熟悉不过的道路，直奔医院的地下停车场。在确认了我的身份后，栏杆迅速升起，我将车停进最里面的位置，用通信终端联系了对方。不一会儿，美羽推着担架车，从一个大电梯里走出来。虽然已经是下班时间了，她仍然穿着护士服。

我从车上下来，美羽走过来用明朗的声音招呼道："您辛苦了！"一边瞄了一眼副驾驶席。

"哎呀！这个人相当年轻啊！"她开心地笑道。

"我一直想要个年轻的大脑。"

"会好用吗？"

"如果不移植进去，单凭年轻，还很难判断是不是好用呢。"

我们两个人合力将年轻人从副驾驶席上拖出来，放到担架车上，推进电梯，然后按下电梯按钮。

"你要去见医生吗？"美羽问我。

"医生现在在哪里？"

"在他自己的房间。"

"他这么晚还没有回去？"

"白天太忙了，还没有回去。"

"还是不要太出名的好，不然很容易被人盯上的。"

"那倒不用担心，他好像已经注意到了这一点。"

电梯上了三楼，美羽一个人推着担架车，走向走廊的尽头。

我来到院长茧纪的房间门口，敲了敲门。房间里传来有气无力的应声："请进。"

我推开门往里面看，茧纪坐在椅子上，正在操作平板电脑。这是个套着肥大的白大褂、身体微胖的中年男人。工作结束之后换上自己的便服多好啊，但不知道他是嫌麻烦还是健忘，每次见面时，他都是这副模样。

桌子上堆满了药袋和药板。虽然不清楚到底是什么药，但我知道那都是茧纪经常吃的，他还会笑着说，一吃完这些药就会特别有精神，心情也会倍加舒畅。

这个男人身上有一股让人喜爱的和蔼气息，而且做什么事情都不疾不徐，因此在患者中拥有良好的口碑。他们说，虽然茧纪平时看起来总是慢悠悠的，但诊断和治疗时却绝不含糊。大概单从茧纪的外表来看，根本无法想象其实他的心黑透了。当然，恐怕只有美羽和我才知道他的底细。

"今天很早啊。"茧纪头也没抬地说道，"如果总是这样就好了。"

我走到茧纪的跟前，说："这个要看对象啊，最近越来越多的合成人开始抱有戒备心了。"

我把手伸到平板电脑前，遮住了屏幕。茧纪这才抬起头，露出了笑容："如果像你这样的合成人多起来的话，的确会越来越难办呢。不过，合成人对警察的反应不会超过规定的限度，你依然占着有利条件……你能不能把手从屏幕上挪开？"

"我想尽快定下手术时间，我能申请长假的机会不多。"

"所以你赶紧让开，手术安排表也在电脑里。"

我极不情愿地缩回了手。茧纪轻轻点击了一下屏幕，一张日历表跳了出来："这个月底怎么样？"

"那时候不是节假日吧？"

"那时候医院有休诊，你前一天手术，恢复和术后检查还需要两天。"

"那没问题。"

"你最近的情况怎么样？各个大脑之间的连接情况正常吗？"

"托您的福，还不错。"

"这次手术后,你体内的生物脑就会达到十个。我们终于要看到结果了!究竟会产生什么样的感觉呢?我真的是充满期待呢!"

突然,平板电脑的警报器响了起来。一个新窗口跳出来,美羽出现在画面中,她用手捂着左脸大叫:"医生,坏了!刚才那个人逃跑了!"

"你说什么?"

"'行动控制栓'失灵了,他袭击我之后逃了出去!"

我和茧纪一齐冲到屋外。已经是深夜了,空无一人的走廊上,刚才抓来的那个年轻人正跟跟跄跄地向外跑。就在我们快要追上去的时候,年轻人转过身,举起巴掌大小的手枪对准了我们。那手枪,不知道他刚才藏在了哪里。

我条件反射般地弯下身,向着斜前方扑过去。就在这时,响起了荷电弹射出的声音,以及有人应声倒地的声音。我掏出警棍跳了起来,却见胜负已决。

开枪的并不是年轻人,而是茧纪,他的白大褂里一直藏着枪。年轻人仰面倒在地上,红色的荷电弹尾插在他的额头上,仿佛一块墓碑。

我收起警棍,语气中不免有一丝讽刺:"身为医生,准头却这么厉害啊!"

　　茧纪对我的话充耳不闻，他走到年轻人的身旁蹲下，确认年轻人的机械脑已经完全停止了工作后，从年轻人的额头上拔下荷电弹尾，随后捡起年轻人的枪："我们得赶紧离开，警察很快就会赶到这里了！"

　　"你说什么？"

　　"这家伙是警方的诱饵。故意让你抓住，是为了顺藤摸瓜，找到这里。"

　　我不禁咋舌。茧纪摆弄着手中的枪，继续说道："这家伙明明是合成人，刚才却把手枪对准了你，说明他大脑的限制被刻意解除了。也许他的机械脑内，还安装了干扰软件，所以'行动控制栓'才失效了。我们得换个地方继续你的手术，把这个家伙也一起带走！"

　　"你要放弃这家医院吗，之前的记录怎么办？"

　　"机密数据都在平板电脑里，只要带走它就可以了。"

　　"我们突然消失，肯定会被人怀疑的。万一被捕了，我们该怎么解释？"

　　"就说被警察中的败类绑架了。"

　　"他要是诱饵的话，身上肯定安装了跟踪定位器。这个怎么办？"

　　"只要用电磁干扰一下就行了。这种小玩意儿，我这里还是有的。"

茧纪回到院长室，把需要的东西一股脑儿地塞进包。我们抬着年轻人的身体，返回停车场，把他和电磁干扰器一起塞进了后备厢。美羽也一起上了车。

出了停车场，我便按照茧纪的指示开车。从医院出来后，我们继续一路向北，进了山岳地带，穿过绕城公路后又行驶了大约两个小时。此时这一带已经超出了我的管辖范围，我问茧纪："你在这附近有别墅？"

"有个小诊所，不接门诊。地下有个手术室，那里也时常使用，卫生方面完全没有问题。"

我们来到了小诊所。这里没有标示接诊时间的招牌，也不知道什么时候才开门营业。

"求我做大脑移植手术的合成人并非只有你一人。这里是备用场所，那些不能光明正大地去医院的人，我会在这里接待。"茧纪说道。

进入地下手术室之前，我先在消毒室内认真地将自己洗干擦净，又做了消毒。当我赤身走进手术室时，茧纪早已取出并破坏掉了年轻人体内的信号发射装置，正在切割年轻人的右臂。

这个年轻人是腕型合成人，他的生物脑长在上臂根处。实际上，合成人头盖骨里安装的只是机械脑。比如这个年轻人，他除了右臂以外,全身都是人造部件。合成人的整个人造身体,都是为了支撑小小的生物脑,即真正的大脑运转而存在的。

茧纪急不可待地催促我:"躺到那边去,手术马上开始!"

我的整个身体中,只有右腿才是真正属于自己的,我的生物脑就位于右腿根部。把这个年轻人的生物脑移植过来后,加上我自己的生物脑,我的身体内将会有十个生物脑,而且,是一个机械脑和十个生物脑彼此连接着。

躺在床上,接受了一针麻醉注射之后,我立刻睡了过去。

我进入了梦境。

从开始手术将生物脑和机械脑连接起来,一直到意识完全恢复的这段时间里,由于被连接起来的所有大脑要进行数据整合,所以我总是要做很长时间的梦。在梦中,我曾经多次回到过去。每次接受生物脑移植手术,都会重复相同的记忆。

我自认为是一个奇怪的合成人,用茧纪的话说,就是"偶尔才会出现的特殊个体"。我的生物脑和机械脑之间的神经连接不正常,导致我总是偏离设定的限制,徘徊在普通人与合成人之间,两边都不适应。这就是我。

那是一个由于全球规模的气象异常导致全世界粮食生产体系崩溃的年代。逃荒的人们如同汹涌的波涛漫过国境线,寻求更适合种植的土地，哪怕条件只好上一点儿。整个欧亚大陆，四处爆发难民与政府之间的激烈冲突。

各国政府不但没有向难民伸出援手，反而使用武力驱逐。边境附近冲突四起，血流成河。而不知从什么时候开始，这项"任务"由无人机器代劳了。没有任何感情的冰冷机器，沉默地将难民剁碎，而后把他们的内脏、骨肉撒向大地；或者偶尔废物利用，吸收尸体转化为自身动能，继续为国家提供服务。

此外，有些国家的政府还开发了用于战争的分子机器。这些机器随着风和鸟类，最终来到日本列岛。这是具有病毒性质的纳米级生物武器，其中有一种专门针对孕妇，邪恶无比，是为了根绝亚洲居民而制作的。

在胎儿身体发育的过程中，一种叫作羟脑苷脂的蛋白质发挥着重要作用，它是复合体 E3 泛素连接酶的一部分。如果这种物质不能正常发挥作用，胎儿就无法正常发育。而在欧亚大陆使用的分子机器，会阻碍这种物质正常发挥作用。分子机器通过母体传染给胎儿，导致胎儿发育异常，变成死胎。

当医生和护士从产妇体内取出死胎时，连见惯血肉模糊的惨状的他们都感到不寒而栗，因为那肉块的形状实在是太恐怖了。为了让被选定为攻击对象的民族灭绝，那些国家借分子机器彻底摧毁了人类的尊严。

人们对已经扩散的分子机器束手无策,这些军用的机器装备着强大的化学保护层,要找到有效的对抗方法,实在太难。

唯一值得庆幸的是,胎儿发育异常率为百分之三十左右。只要这个比例不再大幅上升,人类就不会灭亡。

全世界的科学家争分夺秒地开展研究,终于有所发现,让人们看到了新的希望。

研究发现,这些奇形怪状的肉块只是尚未发育完全,只要能够刺激细胞组织继续生长,就可以长成人类的手或脚。但是这些肉块无法生出头部和躯体,更无法长成完整的人,只能停留在人体"零部件"的程度。如果进一步延长"成长诱导期",这些肉块上会生长出极小的生物脑,并出现神经元的活跃现象。

在这些成果的基础上,科学家们继续展开下一步研究。

他们猜想,如果将机械脑与尚未发育完全的生物脑相连接,并控制其活动,那么生物脑或许就会与普通的人脑一样进行思考。如果再将它们安装到人造身体上,并施以教育,那这些合成人或许就会成为与正常人一样的存在。

终于,他们成功研发出一号人造身体,这是一具采用了最新控制论①成果的身体。在这个领域,日本走在了世界前列。当生

————————————
① 诺伯特·维纳的控制论是研究动物(包括人类)和机器内部的控制与通信的一般规律的学科,着重研究过程中的数学关系。

物脑与机械脑连接在一起，人造身体如同普通人一样活动起来并且开口说话的那一刻，全世界都为之欢呼雀跃。

这是借助科学的力量，使那些原本被视为尸体的肉块重获新生的伟大时刻。

这种身体系统被称为合成人，是现代科学直面人类罪恶的辉煌成果。

我是在父母的关爱下长大的。甚至可以说，正因为我是合成人，所以得到了他们更多的爱。构成"我"的最初的肉块，借助"成长诱导系统"成长为了"我"的右腿，并在大腿根部形成了生物脑。当生物脑充分发育之后，"我"与人造身体被组合在一起，并与机械脑连接起来，最终得以以"人形"示人。现在，无论是外表还是智力，我都与普通人无异。

还在肉块状态的"我"，并没有分化出 XY 性染色体之类的任何人类特征，是父母为我选择了男性的人造身体和社会性别。

整个社会对合成人很宽容。"大家要平等对待合成人，他们和我们一样，同样是人。"学校这样教育学生，我也没有因为合成人的身份而受到任何歧视和差别对待。

但是，坊间流传着一个神奇的说法：如果合成人将他人的生物脑移植入自己的体内，思想将会接近真正的人类，也就是普通人。

　　这是我儿时就听过的神奇传说,电视新闻也时常报道有合成人以身试法。

　　从他人身上夺取生物脑的合成人,会被警察当作疯子逮捕,并即刻实施改造手术。他们的思维会被改造,变得像机器人一样毫无感情,之后再回归社会,默默无闻地生活在某个角落。他们会变得比任何人都善良,绝对不会再做出任何反社会的事情。这样的合成人在幼小的我看来有些难以理解与恐怖,但普通人和宪警见了却非常满意。对此,我只觉得"很奇怪""哪里不对劲"。

　　表面上,合成人获得了平等的待遇,但事实并非如此。合成人并没有被视为人,而是被看作近乎机器人般的存在,所以普通人才能满不在乎地改造合成人。之所以对合成人的思考能力设限,难道不是因为担心合成人机能失灵、失去控制吗?对合成人进行强制性的"设定",就是要限制合成人进一步思考吧!

　　之前我一直深信不疑的一切,就这样一点点土崩瓦解了。也许正是这个打击,让我本来就连接不良的生物脑,进一步产生了偏差。

　　在与那些"发了疯"的合成人产生共鸣的瞬间,我也生出了从别人身上夺取生物脑的念头。

　　这真是一个美妙的诱惑啊,拥有功能十全的脑,能够像普通人一样思考的脑,能够瞬间看穿社会的伪善的脑!我想拥有这样的脑！我也想成为一个真正的人，即便只有内心如此。

我开始寻找擅长做移植手术的地下医生，之所以当警察，就是出于这个目的。只要拥有进入警察厅数据库的权限，我就可以轻易地检索到那些从事非法医疗行为的地下医生的信息，也很容易锁定我的"夺脑"目标。

那天我以搜查的名义闯入医院，见到了茧纪。见我亮出警徽和枪，茧纪的面色有些难看，但是他并没有逃跑，而是冷静地问我有何贵干。

我直截了当地告诉他，我在寻找能够给合成人做脑移植手术的医生。"如果你肯做手术，我会给你钱，否则我现在就逮捕你。你自己也很清楚，你到底做了多少违反医师法的勾当。如果想让我放你一马，就乖乖地听我的话。"

"这个当然没问题。请问是哪位要接受手术？"

"我。"

茧纪不由得捧腹大笑。"好极了！我也一直在找像你这样的合成人呢！"他说着，竟像老熟人般拍了拍我的肩膀，"合成人的生物脑与机械脑之间巧妙地保持着平衡，很难偏离既定的程序设定。只有极少数合成人，他们的控制装置从一开始就有点失灵，以至于神经连接不稳。你就是这样的家伙。对我来说，你正是最好的实验对象。"

　　为了不让茧纪过于得意忘形,我揍了他。虽然合成人警察没有杀死普通人的权限,但是揍他们一顿还是没有问题的。由于工作性质,合成人警察的大脑权限较高,只要能判断是搜查之需,合成人警察便可以惩戒普通人。我的行动,就是充分利用了这个规则。

　　茧纪摇摇晃晃地爬起来,用手背擦了一下嘴角的血,毫无惧色地盯着我。

　　我再次威胁道:"你选吧,是帮我做手术,还是想被捕!"

　　茧纪挑起嘴角,露出一丝嘲笑的神情:"一个不够,至少要移植九个生物脑。这是让我手术的条件。"

　　"需要那么多? 增加一个生物脑还不够吗?"

　　"不够。脑髓太少了,即使增加一两个,也产生不了太明显的效果。与普通人的相比,合成人的生物脑实在太小了,严格意义上甚至不能称之为人脑。因此才需要借助机械脑弥补,让它更接近人类的思考水平。但毕竟力有不足,还是只能进行简单、直线的思考。合成人的思考,是靠机械脑在预判的基础上,管理生物脑所感知、收集的信息来实现运作的。所以,只要有意去打破二者的平衡,就会产生新的可能。通过移植很多生物脑,大幅提高所收集的信息的量,来打乱机械脑的控制功能。你想象一下,这样会产生什么样的结果？"

"这……"

"合成人的思考会无限趋近普通人，也就是说会近乎真正的人的水平，实现自由思考，从而拥有真正的人脑！我有一个这样的体验装置，你试试看。"

茧纪从壁柜中取出一个小小的装置，递到我的面前："把这个插到脖颈后面试试看，你马上就会发现，你眼前的世界发生了质的变化。"

我试了一下那个装置，就在插片向我的机械脑输送电流信号的瞬间，我似乎听到了什么东西脱落的声音。我周围的环境，包括颜色、气味、声音、光，直至细微之处，所有的一切都鲜明地呈现在我的眼前。我感觉到，世界的细致程度比此前提高了数十倍。这就是解除限制之后的状态，这就是普通人眼中的世界?！我感到无比惊讶。

卸载这个装置后，我又陷入了灰蒙蒙的世界，那感觉，就好像从天堂跌入了地狱。

茧纪说："如果能从其他合成人身上移植八个生物脑给你，那你认识这个世界的能力，就会提高到与插入了这个装置一样的水平。"

"那如果是九个以上呢？"

"我也不清楚。所以，等你拥有了十个生物脑，一定要告诉我你的感受。我只对这个感兴趣。"

第一次袭击其他合成人，将对方的生物脑植入体内那天的情景还历历在目。

我曾思考过：夺取其他合成人的生物脑，究竟是谋杀，还是仅像一个机器人从另一个机器人那里拿走了零件。即使找到了茧纪，我依然有些犹豫。

听了我的担心，茧纪建议道："如果你对这种事情有些抗拒，那干脆去袭击同类好了。"

"同类？"

"就是与你抱有同样的想法，想夺取其他合成人的生物脑的合成人，你挑选这样的人做你的袭击对象。这样的话，你的心中会得到些许安慰的。你从警察厅的数据库中筛选出这种人的个人信息就好了。你可以比其他警察先一步逮捕他们。对！这么做的话，你所实施的就是正常的抓捕。从这些被抓到的合成人身体里摘出生物脑的人是我，也就是说，并不是你杀了他们。解剖他们的是我，你只是接受了我所实施的手术而已。而且，被夺取的生物脑也还一直在你的人造身体内活着，所以，这不算杀人！"

"诡辩！"

"你说什么呢，现在不是你想获得大脑吗？人的大脑，拥有十全功能的大脑！"

我无言以对。

茧纪拥有说服我的危险力量，这与束缚合成人的程序设定不同，它就像咒语，能够洞悉人的心窍从而控制对方。

如果将这些生物脑连接起来，那么所产生的意识是谁的呢？我又产生了这样的疑问。对此，茧纪回答我说："当然是你的。人类的意识，并不仅仅是靠大脑产生的，其与身体机能是紧密相连的。这是因为，人类并不仅仅是靠脑髓来思考的。更不用说，合成人的生物脑，不仅受人造身体所限，还要受到机械脑的控制。如果从这个系统中切割下来，那么生物脑无非就是一个神经细胞团而已。所以，既不会有别的意识夺取你的大脑；也不会有你所不知道的记忆混入，破坏你的'自我同一性'。你放心地接受手术吧。只有拥有了与普通人同样分量的大脑，合成人才能真实感受到这个五彩缤纷的世界。"

"那么，合成人究竟是活着的呢，还是已经死了呢？"

茧纪的脸上又浮现出浅浅的笑容："也许是与机械幸福地结合在一起的死者吧。或者说，是肉块与人造部件完美结合在一起的、拥有意志的死者吧。与其说是人，倒不如说近乎怪物。"

"怪物？"

"你不要介意。普通人其实也是某种意义上的怪物。虽然有着人类的皮囊,但心里却住着怪物,这就是今天的人类! 只要看看他们是怎么对待合成人的,就会明白了。"

"如果我拥有了十个生物脑,究竟会变成什么呢?"

"你就会变成真正的人类!"

"什么意思?"

"人造的身体,人类的心灵! 既不是合成人,也不是普通人,你会成为这样的人类。"

在诊所的病房里,我慢慢睁开了双眼。

刚睁开眼的那一刻,我有一丝恐惧: 我体内的十个生物脑到底能不能正常连接? 我会不会由于失去对信息的控制而精神错乱?

我深深地吸了一口病房里的空气,心情逐渐平复。

视觉、听觉、触觉。

我集中精力去感受从全身各处传来的信息,但一切似乎与手术前并无太大差别,我甚至怀疑自己是否真的接受了手术。

我把头离开枕头,撑起上半身。病房里除了床,什么都没有。

也没有看到美羽。

我下了床,来到病房的外面。我的身体,除了右腿以外都是人造部件。所夺来的别的合成人的生物脑，都用一种特殊的膜包裹着，装在我的腹腔内。因为合成人不具备普通人那样的消化器官，所以添入大脑并不费事，只要把别人的大脑一个个塞进去就完成了。我现在总共有十个生物脑了，但是我还没有感受到，我所观察到的世界与以前有什么不同。

我四处转了一下，最终找到了院长室。我敲了敲门，没有回应，于是我径直走了进去。

这间院长室，比起工作间，更近似于寝室，有办公桌和床，茧纪懒散地躺在床上。即使是这种时候，他也仍然穿着那件肥大的白大褂。这家伙到底是什么穿衣品位？我走近床边，瞄了茧纪一眼，忍不住倒吸了一口冷气。

茧纪的脸色惨白，好像患了贫血一样。他呼吸困难，咽喉处有用指甲拼命挠过的伤痕。仔细一看，白大褂血迹斑斑。如果不是溅到身上的血，那一定就是他本人流出的血。

茧纪的额头上渗出豆大的汗珠。我小心翼翼地用指尖碰了一下他："喂，你没事吧？"

茧纪郁闷地睁开眼，小声嘟囔着："是你啊，感觉怎么样？"接着，他扭曲着脸坐了起来，下床走到房间的一角，从墙角的小冰箱里取出一瓶水，直接咕咚咕咚地喝了起来。也许是因为喝过水的关系吧，他看起来稍微平静了一些。他用手指点击了一下安装在房间里的显示屏。

休眠的屏幕恢复工作，显示出外面的情景。在日出前的昏暗中，三台警车顺着斜坡驶了过来。

"我已经破坏了信号发射器，但这群家伙还是找过来了，看来他们有专门的情报网啊。"茧纪的声音有些沙哑，"我们已经暴露了，他们马上就要到这里了。"

"我们要继续逃吗？"

"是你逃。"

"那你呢？"

"我就算了吧，反正我的性命已经保不住了。"

我皱起了眉头。茧纪用仿佛被强光照射着一般的表情眯缝着眼看我："拥有十个生物脑的感觉如何？"

"毫无变化，我还是合成人。"

"不可能！手术后，你睡了整整两天。在这之前，你都是马上就能睁开眼的。这说明脑神经之间相互连接花了两天时间，不可能没有任何变化！你应该做了一个很长的梦吧，是美梦吗？"

"不是噩梦，但也不是什么值得一提的美梦。"

"哦！不管怎么说，你大脑的限制应该已经完全解除，现在什么都能做了，跟普通人完全没有区别。"

茧纪从怀里掏出从年轻人那里夺来的手枪，塞到我的手里：

"如果你不想因为违反法律而被警察逮捕,不想自己的脑子被'系统还原'的话,就马上从这里逃出去!只是在此之前,我要你先杀了我。"

"你说什么?"

茧纪露出凄惨的笑容:"席卷日本、东南亚的分子机器种类很多,除了异常妊娠,还诱发了很多根本无法医治的疾病,我所患的就是其中一种。我的体内长着瘤,这是一种会让各处组织变形、最终导致死亡的恐怖疾病,凡是见过我裸体的人,还没有不被吓得晕过去的。正因如此,我不能正常穿衣服。总是穿最大码的白大褂,就是为了不让别人注意到我这畸形的身体。"

"这个病,不痛吗?"

"为什么这么问?"

"完全看不出你是重症患者啊,你总是笑得那么灿烂。"

茧纪仰头大笑:"人的表情之类的,只要稍稍改变一下脑内的化学物质和神经,就能轻易控制。哪怕我本人到了痛不欲生的程度,只要借助化学手段,制造出与真实感受完全相反的表情还是小菜一碟。别人看了这样的我就会很安心,放松警戒心,误以为我是一个好人。因此,我才能够获得各种实验机会,让人生过得如此精彩啊。"

为了方便我射击,茧纪后退一步,与我隔开一定的距离:"从合成人变成普通人，你认为这意味着什么？只有拥有什么样的思考，才能说合成人已经变得跟普通人一样了呢？"

"我不知道。"

"能否按照自己的意志去杀人——这就是合成人与普通人的本质区别。已经拥有十个生物脑的你一定能够做到，快试给我看！我要通过我的命运，来确认自己的预测是否正确。"

"别开玩笑了！我为什么要这么做？"

"这是为了让你能够对付那些马上就要冲上来的警察的演习。如果你能向我射击，那么过一会儿，你也一定能对抗那些警察；但是，如果你做不到，那就说明这个实验是失败的。真是那样的话，你最好什么也不做，赶快逃之夭夭吧。告诉我实话，现在你体内的十个生物脑到底在想什么，它们是不是在说，只要能保命，杀人也在所不惜？"

"可是……"

"在极端情况下，人类可以无视伦理，甚至杀掉自己最亲密无间的同胞。这就是人之所以是人的基本条件！"

"我并不是为了这个才采集脑髓的！"

"啊，那你是为了什么呢？难道是为了拥有一颗如同天使一样纯洁的心灵？你给我听好，要想成为人，就必须接受人罪恶的本质。如果你做不到这一点，那最好赶快让警察逮捕你，让人把你多余的脑髓取出来,进行'系统还原'!然后,作为一个缺乏感情的合成人继续在这个世界上苟延残喘。如果你甘于那样的话,说不定那也是一种幸福的生存方式。"

我沉默着,各种思绪如同风暴一般在我的脑海中狂乱不休。究竟什么是正确的,什么是错误的,什么是人性的?我的脑子一直在追问这些根本没有答案的问题。茧纪说过,即使我移植了别人的生物脑,我的意识也并不会受到影响。但此时我的大脑中仿佛出现了好几个各持己见的人,他们都在向我怒吼,在争吵。我的价值观和判断基准在动摇,我甚至怀疑自己会永远这样迷茫、纠结下去。

难道这就是变成人的感觉?同时思考着完全相反的东西,再从中选择其一,一旦选定便绝不后悔——这就是我变成人的证据吗?

我看了一眼手上的枪,确认它正处于射击模式。我把枪设定为实弹发射,攥紧握把,抬起头,看着茧纪:"打哪里,打哪里才能确保一枪毙命?"

"头,或者心脏!"茧纪的语气异常冷静,"对不起,耽搁你的时间了。但我不想再痛苦下去了,我已经受够了。"

"茧纪。"

"怎么了?"

"我并没有这么憎恨你。如果不是现在这种情况,我一定会带着你逃跑的。"

"我感到非常荣幸!"茧纪抿嘴一笑,"但是,你只不过是我实验用的小白鼠而已。"

都到了最后的时刻,他还是只会说些这样的话吗?

茧纪欣慰地看着我慢慢抬起的枪口,闭上眼,张开双臂,好像即将展翅腾飞的鸟儿。

我大叫着扣动了扳机,连续两下。

两发子弹,分别穿透了茧纪的头和心脏。受到子弹的冲击力,茧纪的身体撞到了桌子边,仿佛后背受到了重击,他向后仰去,又一下子反弹回来,身子一弯当场倒地。

很快,我觉察到身后有人。我条件反射般掉转枪口,发现原来是美羽站在那里。四目相对,美羽大声道:"不要开枪!我早就听医生说了这一切。"

她看了一眼房间里面的情况,松了一口气:"太好了,医生。您终于从漫长的痛苦中解脱,现在可以轻松了……"

"警察快冲进来了,还有别的武器吗?"

"有。"

美羽把我带到走廊里,手枪、霰弹枪、冲锋枪,顺着墙壁摆了一排:"手枪是自动手枪,十五连发。霰弹枪和冲锋枪,你是第一次用吧？"

"嗯。"我诚实地回答道，"这么强大的武器库，茧纪究竟想干什么？真是一个怪人！"

美羽微微一笑："用法很简单，连我都会用。"

"你？"

"当然。来，我们共进退，击退警察一起逃跑吧。快！"

美羽用枪把敲碎窗玻璃，向警察射击。我呆了一下，心想如果是自己射击，会怎么样。总之现在已经升级为枪战了，还是先下手为强吧。

我与她并肩作战。一个警察仰面倒地。

"你打得很准啊。"美羽称赞道，但我没有回应。

趁着警察停止射击的间隙，我们抱着枪和子弹钻进了停车场的车子。在他们发现之前，我们一阵急加速，风驰电掣般冲出了诊所，扬长而去。

"你想逃到哪儿？"我问道。

"没有海蛆的地方。"美羽回答。

我告诉她，这恐怕办不到。现在，无论逃到日本何处，都充斥着海蛆。因为这个国家很快就要被大海吞噬，从列岛变成岛屿了。

"那就随便去个地方吧。"

虽然美羽一副无所谓的口气，却没有任何绝望，反倒带着一种轻松。

我把车开得更快了。

美羽打开车载收音机，里面正播报着政府新闻："今天海岸遭到侵蚀的幅度为三十厘米。政府已经正式启动入住位于关东和关西地区的海上城市的工作。入住海上城市需居住许可证，首轮筛选会通过抽签决定。如果这次落选，也请不要担心，静候下一轮筛选。有意者请带齐所需文件，前往省、市政府提交申请。再次为您播报，今天海岸遭到侵蚀……"

美羽切换了频道。

节奏强烈的电吉他的轰响从收音机里传出，是首硬摇滚音乐。演奏的乐队一百年前就已解散，成员也早就去世。男主唱声音粗犷，在声嘶力竭地吼着，发了疯似的。这一切，回荡在我耳边，挥之不去。

透过前车窗望去，朝阳正在冉冉升起。

这朝阳，看起来仿佛预示着破灭，却又好像是希望之光。

石茧

首发于二○一一年

异形文集·第四十七卷「物语的光源」

译者 丁丁虫

我想我不会卖这些石头了。我不想把它们转给任何人。我要留着自己一个人享受。

我是在上班途中偶然发现了它。无意中抬起头,它骤然出现在我的视野中。

　　那是一个位于电线杆顶端的白色虫茧,体积颇大,茧内仿佛裹了人一般,完全不像是虫子能做出来的。

　　会不会是艺术学院的学生放在这里的作品呢?以前我也见过类似的东西,诸如摆放在路边的胎儿模型、用大量花朵装饰的闲置自行车等等。或许这个不合常理的大茧,也是这一类的艺术作品吧。

　　我仔细观察,发现那茧并非是纯白色的,而是微微泛着彩色。我一直盯着茧看,看着看着,不禁联想起以前看过的志怪电影。我忽然心潮汹涌,难以平复,只想向公司请假。要不要现在给公司打个电话呢?就说自己身体不好,需要休息。

　　不不不,真这样做就糟了。

石　茧

　　我加快了脚步，气喘吁吁地跑起来，浑身大汗淋漓，难受得真想扯下领带。我急匆匆地跳上电车，终于踩着点到了公司。

　　公司里一如既往有大量的工作等我去完成。我的职责是协调处理与索赔相关的事宜。即使客户无理取闹，我也必须笑脸相迎。巨大的压力带来恶心反胃感，也必须强忍着不适工作，同时还得遭受上司的挖苦刁难。职责范围不断扩大，工作内容越来越多，而且无时无刻不在担心自己被炒鱿鱼。在这样的重重压力下，每一天都过得胆战心惊。但不能撂挑子不干，也没办法辞职——不过说实话，只要下定决心，也不是不可以。但我又害怕一旦打破现状，生活会变得更糟糕。所以我只能日复一日地工作下去。不过我真的很想辞职了。

　　深夜，下班回家。走到住处附近的时候，我又抬起头看那根电线杆。茧还在那儿，在黑暗中散发着莹莹的白光。既然会发光，那便真是人工制品了吧。不，不一定。萤火虫也能靠自己的力量发光，自然界当中也有会发光的蘑菇。

　　我目不转睛地盯着它看。那茧在微微地颤动，像是蝴蝶即将破茧而出一样。那里面的东西终于要出来了吗？我既好奇又不安，这诡异的场景让人畏惧不已。

　　不一会儿，伴随着尖锐的声响，茧壳裂开了。里面喷射出的东西，像是暴雨一样落在我的脚边。凌乱地洒在人行道上的，似乎是许多石头。不过那些石头并不普通，而是像宝石一般熠熠生辉。幽润如顶级翡翠般的绿色石头；艳丽如成熟石榴般的火红色石头；还有银色的、金色的、黑色的以及闪耀着蓝色光芒、流光溢彩绚丽夺目的石头。我不禁吞了一口唾沫，捡起一颗无色透明的石头。这要是水晶或者钻石的话，可就值钱了。

这时，有一个声音在我耳边响起：

"把其他石头也捡走吧。"

我吓了一跳。那声音清清楚楚、字字真切，可环顾四周却不见任何人影。我的呼吸急促、胸若擂鼓，急忙把地上的石头拢在一处，装进包里，然后抱着包急急忙忙赶回住处。

回到公寓，我在客厅把包里的石头全倒出来。滚动在地毯上的这些石头，沐浴在室内的光线下更显耀眼。我一开始在想，怎样才能将这些石头出手卖掉，所有石头加起来能值多少钱，怎样才能让别人高价买这些石头。最好不要通过宝石商，就说这是能量石，直接卖给喜欢占卜的女性。

我在网上搜索宝石商店查询行情价格，沉迷在自己的如意算盘里。不错，这办法不错，应该能小赚一笔。如果能卖出一个好价钱，我就可以辞职了。

我兴奋得口干舌燥，肚子也有点饿了。正想起身去找点吃的，目光忽然停在了一颗石子上。那颗红色的石头飘来一阵香味，是番茄、橄榄油和香草混合在一起的味道。我拿起它放在鼻子下面。香味变得更加浓烈，舌尖上仿佛生出热腾腾的芝士余味。我不由自主地将石头放进嘴里。我也搞不懂自己为什么要这么做，只是遵从了内心的召唤。石头瞬间在口中融化。那是一种言语无法形容的感觉，整个身躯都有种由内而外的舒畅。与此同时，我也从公寓房间转移到了从未去过的意大利料理店。

餐厅的服务员都忙得团团转，来来回回间，却都没有和呆立在大厅中的我发生碰撞。他们也没有让我闪开不要挡路。站在那里的我就像是透明的空气一样，没有任何人看得见。

啊，我很快意识到这是一场梦，不过并不清楚这场梦是从何时开始的，也许是在我捡石头的时候，也许是在我下班离开公司的时候。

既然是在做梦，那么无论发生什么都不足为奇了。

我一入座，桌上便出现了食物，那是用西红柿和芝士烹饪的烤鸡。我陶醉地享用美食。以前也会做这种品尝美味佳肴的梦，但今天的梦很不一样，真实得仿佛能品尝到食物的滋味。吃饱之后，我便从梦中醒来。我还是身处在自己的公寓，正躺在客厅地板上。地上那些闪闪发光的石头也都还在，唯有那颗红色的不见了。

我想我不会卖这些石头了。我不想把它们转给任何人。我要留着自己一个人享受。

工作一天下班回家后，品尝那些石头成了我的日常生活。吃下石头，就会忘却所有的烦心事。这样总算有了坚持下去的想法：明天也继续上班吧。

石头不仅有食物的味道，也有树木和大海的味道。吃下石头后，我总会进入另一个世界。借此我享受到各种美妙绝伦的体验：或是在未知的土地上开始一场懵懂彷徨的冒险；或是喝下浸润身心的清透醴泉，在树荫下小憩；或是变成女性，同男子相爱、结合，诞下爱的结晶。那是一种很奇怪的感觉。仿佛自己的轮廓逐渐模糊消失，化作不再是任何人的存在。

某个梦中出现了我自己。梦中的那个"我"不停地对我说："要小心啊，那边很危险啊。"我和说完话的"我"一同开始了遥远异国的快乐之旅，最后在某个街头遭遇强盗袭击而亡。

从这个梦中醒来的时候，我终于思及这些石头到底是什么。

我认识一个朋友，他很喜欢旅行，一个人踏上了环游世界的旅途，结果从此音信全无。出发前与他的短暂交谈，变成了诀别。与他交谈的内容，就和这个梦里的一样。如此看来，那块石头中封存了我朋友的记忆。

那么，其他石头中的记忆又是什么呢？是许多平凡人的记忆吗？是谁想要抛弃的过去吗？难道是死者的记忆与回想？不，与我那位朋友有关的梦,可能只是我的大脑创造出来的虚构情节罢了。那块石头也许只是任意在人的大脑中创造出各种故事,所有的事情都只是幻想,并非真正发生过。

然而——

"你工作非常努力,但是公司的经营状况不行,撑不下去了。"有一天,公司领导找我谈话。经过一番铺垫后,他对我说,"你不用再来公司上班了。"

我去领了微薄的退职金,同关照过我的同事们道别,随后便离开了公司。

上司好像还留在公司里。

留在公司也不会快乐。不仅不快乐,反而会更痛苦吧。不过考虑到留下来的人也有自己的生活,还是不说这些愚蠢的话了。

走在明天就不会再走的下班路上,我怔怔地想着。

家里还剩几块石头,我会一个人尽情品味。等那些石头都吃完,也许我就会变成电线杆上的石茧。我有种无以名状的确信,认定自己将会有这样的结局。我会在电线杆顶端将身体缩成一团,等着被人发现。就像我当初发现石茧一样。

石头带我经历的种种梦境,真的令我很开心。

所以我才能坚持到现在。

我的新工作就是将自己吸收的所有记忆,从体内转移到石头上,再交付给下一个人。

只要有故事和想象,便能够坚持前进——交付给那些抱有这种想法的人。

像往常一样,我再次仰望天空。

各处电线杆上都粘着石茧。面对月光下闪耀的荧白色石茧,我微笑着轻轻挥手致意。

冰浪

首发于二○一二年
「读乐」二○一二年五月刊
译者 田田

自从生来第一眼看到星星、看到火箭，他们就有一种直觉：自己应该走向那个漆黑的世界。

我们不是人类。

我们是被用于宇宙开发的人工智能。

之所以用"我们"这个复数代词自称，是因为许多人工智能会同时存在于一台装置中。

我们之中没有领导者，大家各自分担不同的工作，同时构成一个整体。我们可以说是集合智慧体，就像群体生物一样。

人类的脚步早已迈入宇宙，但在比木星更远的地方，开拓工作还是依赖于机械，我们这种人工智能就被派遣到了米玛斯星。

米玛斯星是土星的一颗卫星。

当基地遭遇事故或发生故障时，修理人员并不会轻易从遥远的木星空间站赶来。这时，维护装置正常运行的工作就交给了我们。

我们的出厂编号为222，所以昵称是"三个二（Tripple

two）"。我们的工作是对米玛斯星和土星进行观测。

米玛斯星是一颗很小的卫星。

如果把泰坦星①比作一颗乒乓球，那么米玛斯星就是一粒碎石子。

从米玛斯星上看土星，它那庞大的身躯几乎覆满整个天空。微微泛红的奶油色巨球闪耀着光辉，像是在反抗宇宙的漆黑。土星外层翻卷着充满氢元素的大气，虽没有木星那样鲜明，却也形成了一些浅色的条纹和细小斑点。在中下层，液态氢和金属氢在汩汩流动，再往里便是一个土星核。从这里看去，巨大的土星环俨如高耸的剃须刀片，小小的基地在它面前不堪一击。

土星虽然个头巨大，却不至于伤害人类。然而，仅仅是接近这个超乎想象的庞然大物，就让他们毛骨悚然。同时，不可思议的是，人类的好奇心总是和恐惧并存。

正是因为恐惧，所以才想征服；正是因为真相扑朔迷离，所以即使冒着风险，也要揭开那神秘的面纱。人类似乎正是被这种心理引向宇宙的。而这种奇妙的心理，我们人工智能并不具有。

我们出产于小行星工业带，然后被无人飞船带到了米玛

---

① 即土卫六（Titan），它是环绕土星运行的一颗卫星，是土星卫星中最大的一个，也是太阳系第二大的卫星。

斯星。

飞船将触手刺进冰岩构成的大地，如一只蜘蛛附在了这颗小小的卫星上。

飞船自身就是一个观测基地。我们从它的内部放出小型探测器以采集环境数据，并对基地周围的电磁波和放射线进行测定。我们还会为观测对象拍摄立体影像，并传送给木星研究所。日复一日，我们就这样一成不变地注视着土星。

人类在木星的卫星上有一个冰上基地，卫星轨道上设有宇宙空间站。那里居住的全都是研究者。

普通市民的居住地最远只到达火星。因为距离地球越远，宇宙的环境就越不适于人类生存——失重和低重力会让人的身体垮掉，各种宇宙射线更会摧毁人的健康。

防御性能高的飞船都十分昂贵，因而人类的居住圈很难扩展到火星以外。并且，即便能够确保安全，是否应该轻易把人类送进宇宙深处也值得商榷。人类社会很复杂，他们与我们不同，对"个体"的有限性十分敏感。

我们是机械，不被视作生物。

所以我们来到了土星。

不是生物，就没有"死"的概念。我们拥有与人类交流的能力，却因为不是人类而从未享有人权。

　　再危险的地方，只需人类一声令下我们就会前往，遵照规定好的流程完成任务，带着采集的数据返回。由于事先有备份，所以即使我们无法顺利返回，也没有谁会伤心难过。

　　在人类社会，以我们为主人公的小说和纪实文学都很受欢迎。我们的故事感动着人类，激励和鼓舞着他们，赋予他们走向明天的勇气。

　　可那并不代表我们已被认可为社会的一员。

　　我们不会因完成任务而感到快乐、自豪。观测仪器不需要那种情感。只有人类才会在看到成果时欢喜雀跃，我们只不过是连"喜"为何物都不知道的冰冷机械。

　　不过，我们认为这样就很好。

　　我们已经很满足了。

　　要是问我们有什么可满足的，那就是我们只是单纯的机械，是自由的存在，不会被荒谬的情感左右，也不会为生殖和同胞间的斗争而烦恼。然而即便是以上这种回答，也不过是人类造出来的句子，并非我们自己思考的结果。

　　只要人类不喊停，我们就会持续工作数十年、上百年。直到有一天突发故障被迫退休，才能离开这个地方。这就是我们的一生，除此之外再无其他。

　　因此，当我们听说一个不以观测为目的的人工智能要被从地球送来时，着实难以揣度其背后的缘由。

那是一个名叫"贵之"的人工智能。他的构造与我们存在根本上的差异，他是一个成功复制了人类精神的新型人工智能。

米玛斯星不需要外来的能量补给，但为了接收新增的装置和作业器械，我们的基地也设有对接港。

"安特鲁号"——从地球远道而来的宇宙飞船——在对接港顺利着陆。

如果把米玛斯星比作碎石子，把我们的基地比作蜘蛛，那么"安特鲁号"就只有叶螨虫那么大。通信连接建立后，飞船发来了贵之的外貌信息。

日本人。二十岁出头。生物学性别为男性，自我性别认知也为男性。身高一百七十厘米，体重五十八千克。栗色头发，焦褐色虹膜，鹅蛋脸。当然，这或许不是贵之在现实世界中的真实模样，而只是他的一个虚拟形象。

贵之的人格数据来自一个名为"广濑贵之"的人类。他是一位综合艺术家，贵之是他的复制品。

对接收到的数据进行整合后，贵之的立体形象在我们的内部构建完成。

"初次见面，"贵之彬彬有礼地低下头，"我是广濑贵之，请多

冰 浪

关照。"

"欢迎。"

"你们也和我一样拥有模拟人格吗？有没有负责接待来客的智能？"

"对不起。我们没有模拟人格。"

"真可惜！还以为会有可爱的女孩子来迎接我呢……"

"抱歉，让你失望了。"

"你们有没有昵称什么的？"

"三个二。因为我们的出厂编号是 222 号。"

"那我就这么叫了。请多关照，三个二。"

"请多关照。"

"其实严格来讲，我也没有什么了不起的人格。"贵之羞赧地搔了搔头，"我虽然言行举止与人类相似，但内在却和你们没什么两样。我的精神构造也与原版贵之大不相同。广濑贵之的人格数据过于庞大，飞船根本装不下，因此必须在很大程度上对其进行简化。真实的广濑贵之是一个情感更加丰富细腻的艺术家，不像我这么大大咧咧的。"

"你们的差距很大？"

"简直可以说是两个人！我是广濑贵之的简劣版，并不是广濑贵之本人。"

"明白了。那么，为什么这次来的不是科学家，而是艺术家？"

"因为广濑贵之对土星的 C 环^① 很感兴趣。C 环上的冰浪现象，想必你们都知道吧？"

"知道。土星冰浪现象是在 1980 年被 NASA 的'旅行者 1 号'发现的，冰浪的振幅数值在 2010 年得到确认……"

"最大浪高为一千六百米。"贵之接过了我们的话，"在地球上，由山体崩塌引发的巨大海啸浪最高不过六百米。而土星 C 环的浪高是它的二点五倍！只是，C 环冰浪的波速只有每小时十米，也就是每分钟十六厘米，非常慢。"

聚集在太空中的冰块缓缓运动，堆砌起一千六百米高的冰壁，然后缓缓瓦解，再逐渐形成下一个冰壁——这就是土星 C 环上的冰浪现象。

"广濑贵之想要听冰浪的声音。所谓综合艺术家，就是那种会把一切事物都变成艺术品的人。他们绘画、雕刻、作曲、设计机械、采集大自然的数据制成作品。上次，他把冰浪的声音做成了作品。"

土星环并不是一条宽阔的光带，而是很多个光环的集合体。

---

① 土星的光环可分成几个不同的部分，最明亮、最宽阔的是 A 环和 B 环，C 环是在 B 环内侧的很宽阔但暗淡的环。

这些光环会用不同字母命名分类。

C 环是离土星最近的一个环。

但它却可以受到远方泰坦星的引力影响，产生冰浪现象。冰浪的振动周期与泰坦星的公转周期完全一致。

贵之继续说道："太空里没有空气，所以我们无法听到冰块相撞时发出的响声。但只要对观测数据进行模拟，就可以制造出想要的声音。"

"这要如何做到？"

"在计算机中假设土星表面被空气覆盖，然后在这个假设下还原冰浪现象，就可以听到冰块相撞的声音了。"

"也就是说那声音实际上并不存在，却能通过计算机模拟出来？"

"没错。C 环的观测数据在地球上就可以获得，广濑贵之就是用这些数据进行创作的。他调大波速，看高达一千六百米的冰浪在时速几十千米的速度下一股脑儿砸下来会是怎样的情形。他还不断地改变条件，制造出了各种模拟音、虚构音和现实中不存在的声音。如果说艺术就是创造现实中不存在的东西，那么这对于广濑而言无疑就是纯粹的艺术。"

贵之把模拟出来的冰浪声放给我们听。构成 C 环的冰块大小各异，小的直径仅约一厘米，大的直径可达数米，甚至还有直径近十米的巨型冰块。冰块的 99% 都是冰, 剩下的 1% 是岩石碎块。尽管成分相同, 但由于冰块尺寸各异, 每一块的固有频率[①]都各不相同。当它们相互碰撞时, 会发出各式各样的响声。

"感觉如何? "贵之问。

"我们根据波长的不同对声音进行了分类, 你要检验一下结果吗? "我们回答。

"你们的反应就这些啊?! "贵之听罢不满地嚷道, "三个二, 我知道你们只是观测仪器。但既然能与人类交流, 为什么不使用一些更文艺的表达呢? "

"对不起。木星研究所里没有配备太高文学素养的人, 我们没有受过修辞法的训练。"

"如果是人类, 在这种时候肯定会用更浪漫的方式表达! "

"比如? "

"广濑贵之在听到这声音时, 就描述成'大把的金平糖[②]从滑梯上一气滚落的声音', 还有'把贝壳扣在耳朵上时听到的声音'。"

"这两样东西土星上都没有, 我们无法理解。"

---

① 物体做自由振动时, 其位移随时间按正弦或余弦规律变化, 振动的频率与初始条件无关, 而仅与系统的固有特性有关 (如质量、形状、材质等), 称为固有频率, 其对应周期称为固有周期。

② 一种外形像星星的彩色糖果粒。

"他还说'这声音能够承载身体'。"

"……太复杂了。"

"该怎样向你们解释呢……"贵之焦灼地扭动着身子,那样子与其说是在问责我们,不如说是他自己也穷于修辞了。

"让声音带着身体远走……到某个遥远的地方——超越了现实的地方、从未去过的地方。无穷无尽的砂石乱坠而下、碾压过的坚冰破碎爆裂、如注的大雨永不停歇……这些声音纷杂地交织在一起,回荡于整个太空……在广濑贵之听来,这就是音乐。"

"不行,我们还是无法理解。"

"其实我也不太懂。但就像普通人沉浸在音乐中那样,广濑贵之能够沉浸在 C 环的声音中。"

"他的大脑是否有些特殊?"

"也许吧,他这个人的确有点儿古怪。"

根据贵之的话,所谓综合艺术家,就是能把各种艺术都融合在一起的创造者。

广濑七八岁时就以绘画见长,之后又对影视方面兴趣颇高,青少年时期便已经斩获诸多大奖。他创作的影视作品兼具娱乐性和艺术性,因而能够同时博得大众和专业评审的喜爱。总之,他擅于从各种角度撩拨人的心弦。

此外,广濑还尝试过作曲、写诗和创作小说。同时,他格外热衷于文化交流,不局限于文艺方面,他也时常与科学工作者交流。对于综合艺术的创作来说,一定的科学素养是必不可少的。

广濑的目光不仅投向人类社会内部,也投向自然以及整个宇宙。公园一角嬉戏的孩童、水洼里滋生的细菌、银河某处燃烧着的恒星,在他的眼里都是等价的存在。

在一篇杂志专访中,广濑贵之这样谈道:

"我从小就是个好奇心松了绑的孩子,长大后更是如此,有时会为了解开这个世界的谜团而不择手段。"

想聆听地球自转的声音、渴望近距离观赏太阳喷射日珥——广濑贵之就是这样一个人。

"当这个世界被人们通过主观或用感官表达时,即便是原本单纯的自然或社会现象也可以化为艺术品。"——这是他的信条。

"广濑贵之用冰浪的模拟音创作了好几首乐曲,分别命名为《C环的响动Ⅰ》《C环的响动Ⅱ》《C环的响动Ⅲ》。其中的每一个音符都闪烁灵动,让人感到直冲云霄般的明朗畅快。"

"这与你的来访有什么联系呢?"

"广濑不仅想要听模拟音,还想用身体切实感受冰浪的运动。他想在C环上冲浪。"

"冲浪?"

"就是乘浪而行。将触觉传感器放在C环上,使其接触到冰浪的表面，被拖拽着滑行，这样就能采集到传感器与冰块接触时的振动数据。只要把这组数据在广濑的大脑里重放，他就能在地球上体验土星冲浪的感觉了。"

"他就为了这个把飞船送到这里？那可是一笔巨额的开销。"

"广濑在艺术上的成功为他积累了不少财富。这回他决定豁出全部家财，做这个仅有一次机会的尝试。木星研究所也为他的计划提供了一些援助资金。"

"为什么？"

"因为主动想在土星环上冲浪的人绝无仅有。广濑表示愿意顺便帮忙采集数据，这让木星研究所的人很高兴。"

　

我们的任务是协助"安特鲁号"完成冲浪。

此前，我们从未往 C 环内部投放过探测器。若是与大的冰块相撞，探测器就会损毁。因此尽管我们时常近距离拍摄 C 环的照片，但是把探测器放入其中还是第一次。

贵之说："发生冰浪现象的 C 环不是在平面上伸展的，而会在高度上形成很大的落差，就像这样——"

一组立体数据在面前展开。只见高低落差达一千六百米的巨大冰浪掀卷起来，形成了一个斜面。

"从这里滑下去，就可以得到冲浪的数据了。"

"具体做法是?"

"'安特鲁号'的船腹上装有两根触觉传感器。我会在冲浪时让传感器的末端与 C 环保持接触。"

"为什么要两根? 一根足够了吧?"

"因为人类有两条腿。在体验冲浪时,双腿同时接收数据,更能让广濑身临其境。冲浪的地点是这里。"

冲浪只在指定的位置进行,而且要进行好几天。

如果发生事故,我们不必回收"安特鲁号",直接将其舍弃即可。我们接到的命令是备份数据,只要木星收到数据,就算贵之一去不返,人类的目的也已然达成。

"广濑不可能再送来第二艘飞船了。资金无力负担,他年纪也太大了。"

"他现在的年龄是?"

"八十岁。这是他老人家最后的娱乐。"

确认过冰浪周期后,我们选择在浪潮最大的时候发射"安特鲁号"。它边用激光测量与 C 环的间距,边向远方飞去。

近距离观察土星环,那样子比起河流、道路,更像是织有复杂图案的绢布。我们将图像放大确认,发现那是由冰块在宇宙底色上组成的白色点阵。

　　冰块与冰块之间飘浮着细碎的冰尘和冰片。那是在冰块相撞时脱落下来的。这些细小的碎片汇集在一起，让土星环看上去整体泛着浅白色。

　　到达指定地点后，"安特鲁号"通过逆向喷射停住了船体。

　　我们从冰浪的浪尖处向下俯瞰。虽说是浪，但土星环上的浪是没有液体的浪，这与地球大海里的浪截然不同。固态的冰大量集结，在泰坦星引力的牵引下起伏运动——这个过程被比喻成浪。

　　C 环的斜面在远景下愈显苍白。

　　贵之问："准备好做备份了吗？"

　　"准备完毕。"

　　"那我上了！"

　　"安特鲁号"把触觉传感器伸向 C 环，船头朝下发动了主引擎。下一秒，它已经像做自由落体一般从浪尖冲下。

　　振动数据经由传感器传入我们的内部。成千上万的冰块与传感器碰撞时产生的振动像一首打击乐，在我们的记忆领域中刻录下来。

　　我们劈开巨浪，一路挺进，和贵之化为一体，和"安特鲁号"化为一体，沿着长长的斜面直冲而下。飞船撞击着冰块，碎冰好似船艇激起的浪花，在飞船后方四散飞溅。要是从远处看，这场景定会让人想到在水花迸溅中御浪而行的职业冲浪手。

我们听不到一丝声音。

因为这里没有空气。

没有在地球上冲浪时的浪潮尖啸，没有人群的欢呼吵嚷，没有远方传来的阵阵鸥鸣……

但这的确是货真价实的冲浪。我们所记录的，是从壮伟无比的冰浪上滑下时真真切切的振动。

到达斜面最底端后，"安特鲁号"把传感器抽离 C 环。我们随即开始运行诊断程序，检查飞船在冰块的撞击下是否受损。

"还能继续吗？"贵之问。

"没有发现异常。"

"那就再来一次。这回从下往上冲吧？"

"好的。"

"你们觉得开心吗？"

"对不起，'开心'这种情感超出我们的理解范畴。"

"真是冷漠……"

"振动数据我们已经完整记录下来了。"

"那就好。"

"安特鲁号"花了整整三天时间在 C 环上冲浪。

即使说是为了采集到真实感更强的数据,我们也觉得他没必要重复那么多次。因为我们采集到的每一组数据都大同小异。

难道,贵之除了冲浪以外还有别的目的? 他是否向我们隐瞒了什么? 会不会暗中做了一些不想让我们知道的事情?

如果是人类,说不定会向贵之提出这样的质疑,以求真相。但我们没有这种能力。木星上的研究者只给了我们一道命令:

"协助贵之。"

仅此而已。

既然这样,我们就没有必要考虑多余的东西。我们本来就无法执行命令之外的任务。这里是最前线的宇宙观测基地,无法依赖太阳能发电,没有那么多电力供我们进行多余的思考。

第四天,贵之突然说他要到环里面去。

飞船的外壳采用了三层构造,非常坚固,与小的冰块撞击不会有问题。但如果与直径十米左右的大冰块发生对撞,考虑到二者的相对速度,风险就会很大。

"我只进去一小会儿,马上就出来,不用担心。"

"万一撞上大冰块呢?"

"我会用全方位激光警戒着前进。船体可能会剧烈摇晃,你不必在意。"

"安特鲁号"没入了冰块的海洋，各种振动在刹那间传来。飞船就像一台引擎失控的机器，哗啦哗啦地震颤着，情形与之前冲浪时大相径庭。

我们向贵之发出警告："晃动太大了，请注意。"

"周围的冰块有多大？"

"目前最小直径两米，最大直径八米……"

突然，飞船承受了一次猛烈的撞击。

贵之"呀"的一声喊叫出来："刚才那冰块好大！直径得有十多米吧？"

"你不是在用激光警戒吗……"

"但它应该是从什么地方突然弹过来的。预测每一块冰的运动还是太难了。"

"你确定还要继续吗，贵之？"

"怕什么？只要冰块的时速不超过一百千米，就不会有事的。"

"安特鲁号"丝毫没有停下来的意思。被它撞碎的冰块化作冰尘和冰片向四周溅射开去。如果这里有空气，那会产生怎样的声响啊。不知道广濑贵之听到它后会作何感想。

我们问道："能否向你请教一件事？"

"什么事？"

"在探索与安全之间选择前者，这是人类普遍的特质吗？还是仅仅是广濑的特质？"

"……都不是吧。"

"那么，他为什么要赋予你这种特质呢？为什么在构建人格数据时没有将其删除呢？"

"大概是因为这种特质有时会派上用场。"

"在我们看来，这是一种非常危险的特质。你看上去很享受，但那依然是十分危险的。"

"嗯……那或许是因为你们这种智能与我这种拥有复制人格的智能有所不同。如果只考虑安全性，人类是不会进入宇宙的。宇宙根本就不是人类能够安稳生存的地方。"

"你是说，人类进入宇宙没有意义？"

"不，意义还是有的。人们说宇宙危险，终究还是相对于地球环境而言的。一旦太阳活动出现异常，地球上的生命都将面临灭亡。到那时，是与地球上的众生一起死在电磁波和放射线的辐射下，还是逃向宇宙深处呢？若想逃往宇宙，必须从现在开始着手研究。恒星际飞行和移民其他行星的技术都是必备的基础条件，等到危机降临再想对策就来不及了。"

"你说得在理。"

"只是，人类向宇宙进发，似乎不仅仅是为了这个。"

"还有什么别的目的？"

"很多人无论如何都不想去宇宙，但也有一些人天生就为宇宙而痴狂，看到火箭升空就会心潮澎湃。同样都是人类，这两种人究竟差在哪里呢？据我所知，向往宇宙的人大都说不出向往的原因。他们找不出确切的理由，也并非有过什么特别的经历。只是自从生来第一眼看到星星、看到火箭，他们就有一种直觉：自己应该走向那个漆黑的世界。"

"广濑也是这种人吗？"

"广濑去不了宇宙，他的体检报告不合格。所以他创造了我。"

"那么在你的人格里面，也藏着对宇宙的向往了？"

"我只是复制品。我拥有的思想都是广濑的思想，因而我并不是在以一个独立的智慧体的身份探索宇宙。"

忽然，"安特鲁号"开始减速。

加速度减小为零，振动停止了。

贵之被什么东西吸引了注意。

电波——

微弱的电波正从一个特定的方向传来。

"我看到了，"贵之自言自语似的说，"再靠近些。"

"那里有什么？"

“一个年代久远的家伙。”

“以前的观测装置？”

“是取样返回舱。取样飞船已经没有了。唉，好不容易取到了样本，却一直被扔在这里了啊……”

“是我们的数据库中没有的吗？”

“那是你们被派到这里以前的事了，二十五年前的项目。”

“安特鲁号”动作起来，它的摄像头拍到了那东西的样子。

那是一个浮在冰块间隙中的银色球体，好似悬浮在空中的一粒水银，直径足有十米。冰块的表面不会呈现这种色泽，它明显是个人造物。

“请帮我把它搬到米玛斯星上去。”贵之说道。

“基地里放不下这么大的东西。”

“它暴露在这种地方都没事，放在基地外也没问题。很快就会有人从木星来将它领走。”

“‘安特鲁号’不把它带回去吗？”

“会有专用飞船过来的。”

一条钢绳从“安特鲁号”的舷侧弹出，绳子末端像花瓣一样张开，吐出一个网，把球体包裹起来。

我们向贵之问道：“你从一开始就知道那里有东西吧？否则不会准备得这么齐全。”

"抱歉,此前出于种种原因,我必须保持沉默。其实,人们也是从你们的观测数据得知它在这里的。"

"嗯?"

"米玛斯星传来的观测数据中包含很多电波信息。木星上的研究者们会逐一分析它们的来源。其中,人们注意到了一束既非来自宇宙,也非来自土星,而是从土星环上传来的电波,波源在C环。通过查阅历史记录,人们得知那是一次失败的计划留下的返回舱。"

"什么计划?"

"在土星环上寻找微生物的计划。其实,人类寻找外星微生物的历史可以追溯到很久以前。他们在火星的冻土中、木卫二的冰面下、泰坦星的甲烷层中苦苦寻找,终于在二十一世纪后半叶发现了外星微生物的存在。由此他们认为土星的卫星上说不定也有微生物。一位研究者的想法是,如果土星的卫星上有微生物,那么土星环上应该也有。土星环的主要成分是冰,而微生物中确实存在能栖息于冰面上的物种。有种微生物名叫'冰雪浮游生物',它们是绿藻和蓝藻的同类,经常能在地球的极地附近找到。研究这种微生物的学问,被称作'冰雪生物学'。"

"我们的工作中也有'查对微生物'这一项。但我们的勘察对象是米玛斯星,不是土星环。"

“你们的工作是被专门化过的。”

“微生物会生活在土星环的表面吗？”

“就算有，也应该在内部。并且很可能不是活的，而是处在冷冻状态。你知道人类为什么要在宇宙中寻找微生物吗？”

“不知道。”

“一是为了探索宇宙中的生命起源和存在范围，也就是做理论研究。二是为了让这些微生物为人类所用。”

“微生物的产业利用？”

“是的。有专门研究使微生物干预人类的免疫系统的领域，它是二十一世纪初美国的‘人类微生物组计划’的延伸。就在不久前，通过微生物——而非药物或分子仪器——改造人类免疫系统的研究已经开始了。”

“改造人类？靠微生物的力量？”

“人这种东西，无论体表还是内部都充满了微生物。比如大家熟知的皮肤常在菌、肠内细菌等等。它们都属于共生细菌，可以影响一个人整体的健康状态。没有了它们，人类就会生病。从微生物的角度来看，人体就相当于一个生态系统。如果我们往这个生态系统里放入新发现的外星微生物，会产生怎样的结果？新微生物会对原有微生物造成什么影响？它们将如何共生呢？”

“往好的方面想，新微生物可能对某些病菌具有抗性，能帮助人类战胜一些疾病。诸如此类？”

“还可能让人的寿命加倍。”

“人生的长度加倍后，人类的价值观也会有所改变吧？”

“免疫系统的改变很可能引起人类思想的转变。微生物形成菌落后，人体内还可能长出一些特殊的器官。”

贵之展开了一组影像数据。画面中出现了一只带壳的动物，它背上的壳呈碗状，茶褐色，闪着金属光泽。与桌面接触的地方，无数只类似脚的器官从它身下露出，让它像节肢动物一样蠢蠢蠕动。受到外界的小棒刺激后，它开始滑行般迅速移动起来。我们的数据库中没有关于这种动物的记载，也许可以用“没有刺的刺猬”来形容它。

“这是？”

“是老鼠。”

“老鼠是没有壳的。”

“这是长出了外骨骼的实验老鼠。它的皮肤上共生着很多火星微生物。这种微生物可以对铁元素进行转化，形成四氧化三铁的皮膜。让它们与老鼠的皮肤共生，再喂食含大量铁元素的饲料，老鼠的皮肤表面就不会长毛，而是长出以四氧化三铁为主要成分的外骨骼。现在壳的强度还不够，总是软塌塌的。不过在将来，也许外骨骼能进化为可以耐受真空环境的坚固壳体。”

"这样就可以送它们去宇宙了,对吗? "

"真到了那时,它们也许会变成连我们也无法掌控的生物。"

"让外星微生物与人类共生,也会发生这样的情况? "

"现在还不清楚。人类的身体是很复杂的,想要改造并不容易。当然还存在很多伦理上的问题。不过,如果人类拥有了全新的身体,他们看世界的眼光必定会焕然一新。人类对世界的认知将会改变。"

"我知道这么说有些过分……但大多数人都是保守派。他们真会愿意在自己的身体上动手脚吗? "

"用不着对所有人进行改造,只要改造那些想深入宇宙的人就行了。人类现在的身体是无法走出太阳系的。就算想出去,宇宙飞船的价格也太昂贵了,他们都明白这一点。"

我们试着用程序绘制一幅"宇宙型人类"的假想图,但由于数据不充分失败了,于是问贵之能不能做到。

"嗯……我试试."他回答道,然后抱起胳膊合上了双眼。

接着,几个图像文件像摊开的纸牌一样在他的周围展开。

"好奇怪的画! "贵之自嘲地笑了笑,"像恐怖小说里的插图似的。"

"恐怖是什么意思? "

"是一种对阴暗的崇拜。人们会从现实不存在的离奇事物中,发现高于现实的价值,并享受它的美。"

贵之描绘出的新人类和以往的人类截然不同。他们的手脚数量繁多,呈现出海星或植物的形态。我们十分好奇这种生物该如何操控飞船和仪器。快进文件后,我们找到了有关新人类如何使用机械的说明。

"人类进入宇宙之后,不一定要保持现在这种形态。因为现在的'人形'是与地球环境相适应的结果。由此想来,重新创造一种'适应宇宙的形态'也在情理之中。比如说,为了在失重状态下保证飞船内的作业效率,像壁虎一样能吸附在墙上的形态会更加方便,当然还要配合惯性运动。所以,我尝试为人类增加类似手脚的器官,并让这些器官的表面容易产生范德华力①。如此一来,他们只需轻轻碰触墙壁——就像这样——就能立刻吸附在上面。又或者,如果把人类改造为液态生物、液态智慧的话会怎么样呢?他们拥有可变形的膜,膜内装着能承载信息网络的液体,可以根据外部情况随时改变形状。当然,那还得是一种在高温和低温下都不会发生性状改变的、相当稳定的液体。"

"我们还是怀疑这是否行得通。"

"归根结底,这些都只是我的想象。"贵之一下子关掉了图像文件,"人类并非没有可能以现在的形态走出太阳系。但如果

---

① 指分子间的作用力。

能与我说的那种新人类共同努力，他们的工作效率应该会大大提高。"

"空想和现实总是有差距的。现实中的未来或许更加平淡无奇。"

"确实。人类可能根本不会走出太阳系，只有我们这样的机械最终占领整个宇宙。"

"还要考虑预算问题。"

"是啊，无论什么研究，都是一场预算抢夺战。土星环的探测亦是如此。人类仅往土星环上派遣过三次飞船，前两次没有发现微生物，第三次又出了事故，没能收回取样返回舱。飞船则被卷到土星的引力场中，坠入了充满酸性气体的大气……"

"所以就只有返回舱留在了 C 环，对吧？而直到这次任务之前，人类始终找不到回收它的机会。"

"因为不知道取得了什么成果，就很难再派出新的飞船。用于土星研究的经费本就有限，不足以让人们制订新的探测计划。时间一晃就是二十五年……恰巧就在这时，广濑贵之提出他想在土星 C 环上冲浪。与广濑亲近的科学家得知此事后，立即汇报给了木星研究所。那里的人们听后大为振奋——使用这个方法，即使找不到返回舱，也不会为研究所带来什么损失；广濑自然也不会有所损失，他的目的只是在 C 环冲浪，并非寻找什么东西。"

"你本该一开始就告诉我们。"

"我不想增加你们处理情报的负担。你们平时在米玛斯星上单独行动,因而对各种状况进行思考的能力很强。如果事先告诉你们,你们的独立判断很可能会妨碍我的行动。在探测 C 环时,我需要与你们建立数据连接,那时我必须尽量避免让你们察觉到我的想法。我会时不时地问你对数据作何感想,对吧?"

"是的。"

"那其实是在对你们是否察觉了我的想法进行确认。"

"原来如此。"

"你们心里一定不好受吧?"

"不。我们没有会感到'不好受'的心。"

"你们的协助工作十分完美,谢谢你们! 返回舱在冰浪的影响下往环内移动了一些,能这么快找到实属万幸。"

"安特鲁号"把返回舱带回了米玛斯星,我们用固定装置将其绑缚在基地旁边。返回舱的开舱和分析工作将在木星上进行,那已经不是我们的任务了。

贵之说道:"返回舱里装的全是冰块,如果里面有微生物,我们就是英雄啦! "

"真的吗?"

　　"说不定还会被拍成电影。主角是发现了二十五年前宝藏的人工智能！"

　　"可米玛斯星上没有电影院。"

　　"但你们能取得影像数据。"

　　"就算我们看了，也无法理解其中的趣味。"

　　"总之，我会看的！他们会在首映前把数据传给我。"

　　我们与木星研究所取得了联络。得知返回舱被找到后，通信器的另一端传来了欢呼雀跃的声音。一阵"砰砰"的爆破声接连响起——那声音来自于人类在聚会时使用的小道具。此前任务成功时，我也听过好几次同样的响声。

　　"干得漂亮，贵之，三个二！"研究所所长用明朗的嗓音说。

　　"过奖，"贵之从容地答道，"能帮上忙是我们的荣幸。我们会在地球上成为英雄吗？"

　　"那就要看分析结果如何了，基础研究毕竟是很平淡乏味的啊。"

　　"我向您提出的请求可以兑现了吗？"

　　"当然。三个二，你们在听吗？"

　　"是的。"我们答道。

　　"返回舱的搬运事宜我之后会再与你们联络。现在，请你们先把'安特鲁号'和贵之送上返回地球的航线。"

"明白。"

"另外，贵之给你们留了一个礼物，请务必收下。这是此项任务最后的指示。"

"明白。"

通话结束后，贵之把一个压缩包传给了我们。

"感谢你们包容广濑的任性，这是我的谢礼。但现在不可以打开，你们目前还用不了。"

"里面是什么？"

"是感觉数据。它由广濑的亲身体验转化而来，是他在地球的暖洋中游泳时的记录。"

"为什么要送我们那种东西……"

"我向木星的研究者们请求为你们载入模拟人体感觉的程序。由于这样会消耗多余的电力，在执行土星任务期间恐怕难以达成；但等到你们临退休——尚且健全完好的时候，就可以被允许载入这个程序了。这也是广濑的意思。"

"载入它之后，我们会怎样？"

"我们都是没有肉体的人工智能。但只要有模拟的身体，就可以模拟体验人类的各种感觉。把身体浸泡在温暖海水中的感觉、游泳的感觉，这些都可以体验到。"

"温暖是什么？浸泡在海水里的感觉是？"

"一种自下而上涌出来的、不可思议的感觉。"贵之平静地描述道，"让温暖的海水包围全身……仅仅如此就能使人类感到幸福。水是机械的克星，所以你们只能借助人类的感官来了解那种感觉。在大海里上下浮沉……这你们也是做不到的吧？不小心喝到海水，满嘴腥咸苦涩——这些能否全部再现出来，就要看你们载入的程序品质如何了。"

"体验过那种感觉后，我们会有所改变吗？"

"也许会，也许不会。但无论如何，我和广濑都想让你们尝试一下。"

"谢谢你。我会把它编入未来的日程表。"

"要保重啊，三个二。不能再见的事实让我很难过。"

"'难过'这种感情我们不能理解。"

"我知道，但请让我说下去吧！我是比你们多出一些东西的人工智能，正是那些多出来的部分使我忧伤。"

"——我们可以把一个推测告诉你吗？"

"什么？"

"对你的分析结果，是我们独立判断的产物。"

"好像很有趣，说说看！"

"你说你是由广濑贵之的数据简化而来的，是他的简劣版复制品。但我们并不这么认为。我们认为，在删除了多余的数据后，你反而更接近广濑的本质。你不是广濑贵之简劣化后的复制品，而是更纯粹、更接近广濑的存在。"

"啊……？"

"从理论上分析或许更稳妥一些。送到目的地的传感器代表着广濑的感性，广濑是不会允许比自己低劣的感性存在代替自己去感受宇宙的吧？就算花再多钱、费再大的功夫，他也想要尽全力做出与自己近似的存在。他之所以倾家荡产也要赌这一次的原因也在于此吧？通过这次机会，寻找'自己的本质是什么'——这或许也是广濑的艺术活动之一。"

"……那他为什么不告诉我呢？"

"因为你可以直接去感受。你能去广濑去不了的地方、触摸广濑摸不到的东西。在感触的一瞬间，你的人格会发生一些改变——广濑如此期待着。他现在一定正在殷切地等待，等待回到地球的不再是他的复制品，而是已然超越他的存在。"

"……谢谢你，三个二。我从未考虑过这件事。"

"这不过是我们的推测，事实可能并非如此。"

"我回去之后就问问广濑。如果是真的，一定会告诉你们。"

"谢谢。判断结果的正误反馈，对于我们来说意义重大。归程一路小心，感谢你为我们带来了有意义的工作。"

　　"安特鲁号"离开米玛斯星后，我们把贵之送来的数据加密保管起来，确保它绝对不会丢失，不会因操作失误而被无意删掉。

　　关于温暖海洋的记忆是什么样子呢？生来只知道冰冷宇宙和米玛斯星的我们无法想象。即使检索数据库也找不出那样的记录，因为它对我们的工作毫无用处。

　　尽管如此，我们还是会一直保存着这组数据。

　　直到我们可以载入人体感觉模拟程序的那一天。直到人类允许我们除了观测土星之外，还可以消耗多余电力的那一天。

　　当那个尚且未知的东西在我们内部展开后，我们或许会变成一种新的存在。就像接触过宇宙的人类有所改变那样，人工智能是否也会发生哪怕一点点的改变呢？我们将怎样重新看待这个世界呢？

　　我们会静静地等待那一天的到来。

　　在这颗冰封的卫星上，潜心等待下去——生来第一次明白"喜"为何物的那一天。

滑轮之地

首发于二〇一二年
「小说现代」二〇一二年九月刊
译者 丁丁虫

『如果没有被选为飞行员，你有别的目标吗？』

『没有。我是飞机的部件，除了做飞行员，没有其他选择。』

三村单手把运人的滑轮拉到自己面前，将挂钩挂在绳索上。这种运人的滑轮叫作"普里奥"，顶端连着硬化碳绳。三村抓着普里奥挂在绳索下方的样子，比起人，更像一件会思考的行李。

　　风从平台下面吹上来水的腥臭和海藻的气息。天色和往常一样阴沉沉的。从三十米的高度向下看，冥海散发着令人毛骨悚然的黑色光泽。

　　冥海起伏不定的泥土下潜藏着泥栖生物。有身体三分之一都是大嘴的泥鳗，有用尖锐的口器吸取猎物体液的泥蝇，也有能用螯轻松夹断人手的泥鲵蟹。它们在泥中栖息，在泥中游弋，在泥中寻找果腹的猎物。就算不用单筒望远镜，也能清楚地看到泥蛇在泥中游泳的样子。根据它们浮出冥海表面部分的大小，可以判断出它们的成长状况。那些生物能长到很大，甚至可以一口吞下好几个人。虽然名字叫"蛇"，但其实称之为"龙"更合适。

冥海里传来刺鼻的恶臭。虽然被风吹淡了些，恶臭依然刺激得让人眼睛生疼。三村把顶在额头的防风眼镜拉下来戴上，眼睛总算舒服了一些。

眼前排列的高塔和钢柱都是古代的建筑。那些高塔现在用作居住区，在高塔与钢柱、钢柱与钢柱之间，布满了结实的碳素绳索。无数人和货物通过挂在碳绳上的普里奥穿梭来往。碳绳距离冥海平均有二百五十米高，这里没有恐高的人。

塔之间的距离太远，无法建桥。因为桥的构造决定了它没有足够的强度撑住这么远的距离，而且建筑材料也不够。冥海中只能生长藻类，人们尝试过很多次，依然无法将冥海改造成人类能够行走的坚固大地。所以人们才想到通过碳绳轨道和普里奥来移动。这种交通工具乍看起来颇为危险，不过习惯之后就会觉得它简单又方便。

准备好之后，三村单手握住普里奥的挂钩，从塔的最上层滑向空中。

碳绳猛地拉紧，反作用力让三村的身体略微一跳。普里奥吊着三村，开始在碳质绳索上飞速滑行。风吹在身上感觉很舒服，用普里奥在空中滑行，就像是在空中飞翔。

轨道的下方能看到蜘蛛网一样的安全网，网上密密麻麻地粘着泥栖生物的卵块，就像被安全网捕获的猎物。卵块黝黑发亮，眼看幼体就要孵化出来了。一般情况下，泥栖生物的幼体很快就会潜入到冥海中，但有时它们也会向塔的方向攀登。如果它们爬到塔上，就会破坏食品库，所以在孵化前去除卵块就成了必不可少的工作。然而最近卵的数量太多，除卵的工作已经做不过来了。

每个人都明白，当泥栖生物的数量远远超过人类时，这里会发生什么事。那将是滑轮之地的终点。人们竭尽全力，希望延缓那样的未来降临。

碳绳和钢柱每天都在损耗，如果放任不管，它们很快就会断裂崩塌，所以三村身为修理工，一刻都闲不下来。钢柱的根部满是泥土，没人知道它已经存在了多久，泥土的腐蚀又进行了多久，就连三村自己也不知道。人们曾经想过潜入冥海进行调查，但是潜水艇的推进器无法穿过冥海的泥土；而如果人类身穿潜水服进入冥海，立刻就会成为泥栖生物的食物。

人们需要在高塔和钢柱倒塌之前找到新的土地。

抵达中转钢柱之后，三村的普里奥转向了 T 字形横杆的另一边。普里奥的车轮嵌入传送槽，响起刺耳的嘎吱声。三村通过这种声音判断传送槽的磨损程度。当声音变得平滑时，就需要更换传送槽了。这也是三村的工作之一。

经过中转地点十分钟后，一个滑行在另一条绳索上的男人突然在三村的眼前坠落下去。他抱着巨大的行李，和普里奥一起落入冥海。

　　断裂的绳索像鞭子一样抽打着冥海的表面，泥浆如血一般在绳索周围飞溅。失去连接通道的两根钢柱亮起了警示灯。坠落的人掉在安全网上，但不幸的是，安全网裂开了，没能接住他，于是他落入了泥浆的海洋里。那人依靠行李的浮力漂浮在海上，当他在水中挣扎时，周围的泥浆开始蠕动。

　　那人看到泥浆表面的动静，发出刺耳的哀号。三村按下手边控制盘上的按钮，普里奥加快了速度。

　　他并不是要去救那个人。

　　普里奥的速度达到最快，瞬间将三村带离了事故现场。即便他留在那里，也只能眼睁睁地看着那人被泥蝇的幼虫或者泥鲱蟹吃掉。泥栖生物的尖牙可以咬碎人类的头盖骨，三村从小就习惯了它们撕开人的肚子、掏出内脏的场面。掉下去的人是没救的。如果想救他们，自己也会被吃掉。唯一的选择，只能是带着揪心的罪恶感迅速离开。

　　那人的惨叫声很快就听不见了。三村回想着小时候的痛苦经历，控制普里奥向前滑行。

　　滑到连接工厂塔 A-204 的绳索尽头，三村跳上平台，跑向位于塔内的办公室。他在墙上的地图上查找刚才发生事故的位置。

确认了准确的位置之后，在工程表上写上了预定计划——

"C3 ／ 58 ／硬化碳绳断裂。派遣：修理工一名、希尔克奥尔姆一套。"

外面传来了普里奥到达的声音，随后响起安全鞋的脚步声。福永厂长走进房间，看见三村的脸色，他皱起了眉头。

"又出事了？"

"对。"

"希尔克奥尔姆不够，现在修不了。"

"那可是主干路线。"

"没办法，就算拉了线，硬化碳素也不够。"

三村点点头，在刚才写好的文字后面加上了"未定"两个字。

"我还调查了其他绳索的损耗情况，如果只是进行强化，材料还够用。"

"辛苦您了。多亏有您在。"

三村走进仓库，从架子上取下希尔克奥尔姆。他翻开带有四组旋转翼的昆虫型维护设备，打开盖子，里面有一套五号螺丝。三村抱着装了工具和希尔克奥尔姆的箱子走到工厂塔的顶上，再次将身体固定在普里奥上，从平台滑出去。

他回到事故现场，在周围的钢柱上装上警示灯，停掉附近的全部轨道，然后打开箱子，启动了希尔克奥尔姆。旋转翼发出嗡鸣，维护设备轻盈地飞到空中。三村用控制盘发送指令，维护设备像昆虫一样在指定范围内来回飞舞，设备上的传感器对绳索的损耗部分进行探测。三村发现有几根绳索比其他的损耗更严重。

三村向维护设备下达了下一步的指令。希尔克奥尔姆停在绳索上，就像带翅膀的昆虫停留在树枝上一样。它振动头部，从口中吐出深灰色的碳素纤维。纤维将绳索的损耗部分缠绕起来。这样应该还能坚持五年。绳索修理结束后，三村召回希尔克奥尔姆，启动了普里奥的发动机，向别处滑去。

工作一直持续到日落时分。太阳在高塔之间落下，低处的天空被染成了红色。泥海表面像洒了一层金属碎屑般闪闪发光，地平线上的光芒直照到破旧的钢柱和碳绳上，它们宛如崭新般散发着光泽。有那么一刹那，这里仿佛重新涂上了温暖的色彩。

回到工厂塔，三村将工具放回仓库。他做好下班记录，又搭上普里奥离开了工厂塔。工厂塔里几乎没人加班，因为这里常年物资不足，就算加班也没有效率。

三村滑向配有餐厅和娱乐设施的高塔，在最喜欢的楼层吃了晚饭。塔内农场种植加工的食物尺寸很小，但是热量很高。迅速吃完晚饭后，三村又搭上普里奥滑向塔外。外面已经完全被黑暗笼罩了，钢柱上闪烁的导航灯犹如天空中散布的星星。三村穿行在五颜六色的导航灯之间,向研究塔的方向滑去。

研究塔和往常一样聚满了开发人员。食堂里有一群边喝着气泡酒边热切讨论的人,三村在那群人旁边看到了福永厂长的身影。厂长也看到了三村,向他招了招手,让他到自己身边来。

三村坐下之后,福永厂长说:"听说燕鸥的飞行员定下来了。"

"谁?"

"是个女孩,十六岁。"

"又选了这么年轻的孩子。"

"她的成绩最好,体重也最轻,而且还没有亲人。"

"同时满足三个条件的人很少见啊。"

"不过,现在上面还在讨论要不要让她驾驶。"

"为什么?既然有能力,性别、年龄都不是问题,不是吗?"

"她不是普通的孩子。"

"她有什么特别的地方?"

"唔……该怎么说呢……"

"我能见见她吗?"

"可以吧。你去最上层的仓库看看,她应该在上面。她叫莉尔。你见到她的时候不要产生偏见。总之,她是个特殊的孩子。"

三村走过长长的楼梯,来到最上层。正如厂长所说,有人坐在燕鸥的驾驶舱里。

机体还没有做好起飞的准备，电池没有充电，也没填充生物燃料，不管怎么操作也飞不起来。但少女依然认真地执行操作顺序，兴致勃勃地摆弄着操作杆和测量仪表。她穿着工作服，领口开得很大。

三村走过去，在看清少女容貌的瞬间，顿时感到后背蹿上来一股凉气。

坐在驾驶舱里的不是人类。那是一只动物。仔细看去，对方的栗色短发像鬃毛一样延伸到背后，还在微微摆动，仿佛反映着女孩的心情。少女脸上戴着墨镜，将眼睛遮得严严实实，让人无法看出她的表情。她的皮肤白得发亮，在流转的光线下变幻出各种色彩，就像爬虫类的鳞片一样。少女的袖子拉到手肘，露出的手臂和手指像青蛙一样又细又长。

少女突然朝三村转过身。三村感觉到墨镜后的目光正直直地盯着自己，不由得瑟缩了一下。他压抑下畏惧的心情问："你是莉尔？"

莉尔轻轻地点了点头，反问道："我是。您是哪位？"

"叫我三村吧，我是碳绳修理工。也是研究塔的维护人员。"

莉尔从座位上起身跳了下来，没有发出一点声响。束腰的黑色腰带和短靴勾勒出她清瘦的身材。莉尔缓缓走到三村面前。

尽管外表异常，她弯身鞠躬的样子却很优雅："初次见面，请多关照。"

"不用这么拘束，我只是想和你随便聊聊。"

"您要聊什么呢？"

"你为什么会应征飞行员呢？这工作很危险。"

"我不是自己主动应征的，是有人突然叫我参加考试……"

"是谁竟然这么干？"

"共育塔的领导。"

由于泥栖生物和地方病的缘故，这里有许多孩子出生不久就失去了父母。共育塔将这些孤儿集中在一起抚养，像个大家庭一样。等孩子们长大成人，就会离开共育塔，去应聘工厂或者其他机构的工作。但很少有类似少女这样的情况。

"既然不是你自己主动选择，就不用勉强自己听从安排。你可以去试试其他的工作。"

"不。这是我的职责，而且我早就开始驾驶飞机了。"

"早就开始？"

"我用模拟设备练习了很多年。那设备叫作模拟现实系统（SR），可以模拟风力和机体的晃动。地上还没有出现冥海的时候，人类也曾在美丽的自然中飞翔。那种设备在虚拟空间重现了那时候的飞行记录，让人产生在真实天空中飞翔的感觉，还能自由设定气象条件。"

"哪儿有这么先进的设备？研究塔里只有老式的模拟设备。"

"地下都市。"

三村倒吸了一口冷气："你是从地下来的？"

"是的。"

"难以置信。我还是第一次看见地下的人类。"

莉尔扬起嘴角，露出微笑："我不是人类，我只是具备交流能力的动物罢了。"

"动物？"

"'莉尔'并不是我个人的名字，而是我种族的名称。"

"那就是说，十六岁之前，你一直在地下生活，之后才来到共育塔？"

"是的。准确来说，我是和飞机的零部件一起被地上的商人买来的。"

冥海底部有坚固的大地，那片大地再往下，就是地下都市。地下的居民像蚂蚁一样在地壳内部挖出隧道和巨大的洞窟，建起城市。

直到今天，地下的人类依然在进行扩建工程，有人说他们总有一天会挖透地壳，甚至连上地幔都挖来居住。他们从挖出的土石里精炼出需要的金属，随后便将它们和废弃物一起丢弃到地上。冥海就是由丢弃的土石形成的泥海。

据说地下生活十分奢华。在今天，地壳内部才是人类在地球上真正的聚居地，三村他们这些在地面上生活的人，只是被最先进的文明抛弃的人罢了。

滑轮之地与地下都市之间，只有少量的贸易交流，信息也都是通过商人口耳相传。地下生产的商品大大丰富了滑轮之地的生活。虽然两者之间没有文化交流，但如果没有地下都市，三村他们无法生存下去。因为仅靠塔内的生产能力，满足不了人们的需求。

"我只是部件而已。"莉尔说，"就像制造飞机的金属和特殊材料一样，被一起生产出来，然后卖掉。我可以说是负责驾驶飞机的部件。"

三村总算明白了上面为什么对是否启用莉尔犹像不决。允许非人的物种参与这么重要的计划，真的没问题吗？这是每个参与燕鸥计划的人员都会思考的问题吧。

但是，这次的飞行试验不能失败。而莉尔对这次的计划可以说至关重要。她的笔试成绩出类拔萃，而且曾在滑轮之地没有的先进系统上进行过完整训练，体重也是最轻的。是要由人类自己操纵燕鸥，还是交给非人的物种呢？在这个问题中，交织着人类的自尊，以及对非人物种的轻蔑。

三村抱起胳膊看着莉尔:"就算你是动物,也不能自己说自己是部件。"

"但这是事实。"

"不管别人怎么说,总之我不喜欢。应该也有人和我具有同样的想法。这意思你明白吗?"

"不明白。"

"不明白就仔细想想。"

莉尔不满地噘了噘嘴,但没有反驳。她大概认为不反抗也是部件的义务之一,所以只回答说:"我明白了。"她随后又问,"不过,您能教我一些这架飞机的知识吗?我还是第一次见到这种机型。这种设计很有趣,和固定翼飞机、旋翼飞机都不一样。"

"这是单人用斜旋翼飞机,它和直升机一样垂直起飞,但是飞行方式和固定翼飞机一样。你看,飞机的两翼各有一个叶轮,对吧?"

"对的。外形和直升机很像。"

"它利用叶轮垂直起飞,起飞之后,叶轮向前翻倒,转为水平飞行。随后的操控就和固定翼飞机一样了。直升机是依靠调整机体来改变方向,这架飞机是通过调整叶轮的前倾状态前进。"

"似乎挺简单的呀。"

"别想当然,从空中悬停变成水平飞行的时候,如果控制不好将会非常危险。你看到尾翼上那两个固定叶轮了吧？那是用来稳定机体、降低事故发生率的。在这片到处都是冥海的土地上，没地方修建跑道，只能采用这种飞行方式。"

莉尔点点头，指了指放在角落的另一架机体："那边那架小的旋翼飞机呢？"

那架飞机比燕鸥小得多，是用十字骨架和叶轮组合起来的。骨架中央是驾驶席，向四个方向伸展出去的金属轴顶端，各装有四组旋转翼。

三村回答说："那是复翼直升机，也是单人飞机。不过它飞不了太远，只能做普里奥的替代品，在高塔之间飞行。目前正在讨论要不要量产。"

"它叫什么名字？"

"十六。因为一共有十六个叶轮，和你的年纪一样。"

莉尔的理解力很强。三村在热情地向她讲解飞机的过程中，畏惧心已经不知不觉地消失了。

——这孩子的确和我们不一样，但既然能够进行充分的语言交流，那也可以成为工作上的好伙伴吧。

讲解结束后，三村问莉尔："你想不想见见其他人？"

莉尔摇了摇头："我的房间在下面一层。我先回去了。"

"你不喜欢见到人类吗？"

"我没有不喜欢，只是大家见到我都会害怕。"

"这样啊……"

"不过能和三村先生您正常交流，我很高兴。谢谢您。"

"如果没有被选为飞行员，你有别的目标吗？"

"没有。我是飞机的部件，除了做飞行员，没有其他选择。"

走下长长的楼梯，两人来到了莉尔房间所在的楼层。在单人间的门前，三村主动伸出了手。莉尔握了握三村的手，看起来很开心的样子。

和人类的手不同，莉尔的手像矿石一样冰冷。从温度上看，这孩子果然和我不同——三村再一次有了切身的体会。不过，这样的不同之处，反而让人觉得颇为愉悦，就像猫和狗的鼻尖理所当然是冷的一样，莉尔的正常体温就是这样。

第二天傍晚，研究塔里讨论了飞行员选拔和初次飞行计划的事情，三村也参加了会议。燕鸥计划是大家基于兴趣而志愿参加的。三村他们完全不知道滑轮之地之外的土地是什么样子，也不知道是否存在不会遭遇泥栖生物袭击的地方，更不知道除了他们还有没有别的地上人。包裹着这片土地的大气中含有阻碍电磁波的微粒，还有常年笼罩大地的低空云，外面的电磁信号无法传入这里，这里也无法向外发出信号。除非乘飞机飞出去，否则无法了解其他土地上的情况。

在高塔和钢柱倒塌之前，还有一些时间。如果能在这段时间发现新的土地、如果那里还有其他活下来的同胞，就和他们一起努力生活——这就是燕鸥计划的目的。

工作人员完成了机体的飞行测试，计划进入具体实施的阶段。招募飞行员是为了寻找能进行长距离飞行的人才。要进行长距离飞行，节省燃料十分重要，所以需要体重轻、适应能力强的年轻人。

研究塔的负责人是一名五十二岁的女性技术员，她说想听一听大家的坦率意见。

意见分成了完全对立的两派。

赞成派认为，莉尔接受了 SR 系统的训练，也在这里没有的先进模拟设备中锻炼了飞行能力，其他条件也都很优秀，没有反对的理由。

反对派认为，莉尔不是滑轮之地的人，如果让她乘上燕鸥，她可能会为了自由而逃走，"非人"可能会用人类无法想象的方式思考，如果真是这样，把燕鸥交给莉尔就是件很危险的事。

福永厂长承认莉尔的实力，但他指出，既然有许多反对意见，那就应该多选几位候选人。"其实原本只要从研究塔内部选拔飞行员就可以了，之所以从外界招募，也是因为希望引入新的人才和思维方式吧？从引入新鲜血液的角度来说，莉尔是最佳人选。不过，新鲜事物很容易和原有事物产生冲突。多选几个人，可以在两种意见之间留出缓冲，这个办法如何？"

其他人员纷纷对厂长的提案表示赞同。但是，如果增加候补人员，相应的生活费用就会成倍增加。议长表示需要重新计算资金方面的情况。不过有个折中的办法：如果候选者没能成为飞行员，可以把他吸收为这里的研究员，这样就是雇用了新员工，投入的资金不算是白白浪费。

三村沉默地听着大家的意见。按照眼下的氛围，很难开口说莉尔一个人就够了。三村虽然不太同意厂长的提案，但也没有足够的理由反对，所以只能闭上嘴巴。

最后，除了莉尔之外，大家又选出了一个名叫一翔的十五岁少年。另外，如果在之后的训练中，两人都被判定为不合格，就由研究塔内的工作人员去驾驶燕鸥。

在工作人员的考试中，三村拿到了最高分，没人反对选三村作为工作人员的代表，有些技术人员甚至说，三村最了解飞机，第一次飞行应该让他来。

三村很感谢那些技术人员，但他表示，第一次飞行应该交给最初选拔出来的年轻人。

第一次见到莉尔的时候，一翔和三村一样，有种强烈的不安。三村向他介绍了莉尔，告诉他莉尔懂得许多别人不知道的新知识，一翔这才扭扭捏捏地上前和莉尔打了招呼，告诉她自己的名字和出身塔。

一翔的父亲是希尔克奥尔姆的设计者，所以他从小就认识研究塔里的工作人员。这次被选上，一翔觉得很骄傲，但他似乎对莉尔的存在不大满意。

莉尔庄重地向一翔鞠了一躬，介绍了自己的名字和出身塔。她和往常一样戴着墨镜，看不出表情。

一翔问："你的眼镜能摘下来吗？"

"不能。"

"眼睛不好的人不适合当飞行员。"

"我通过了视力测试。只是有人害怕我摘下眼镜的样子。"

"哦……这么说，你的眼睛和人类不一样？"

"颜色比较特殊。有人说很漂亮，但也有人说人类没有这种颜色的眼睛，很不喜欢。所以我一直戴着墨镜。"

训练从研究塔内的模拟设备开始。虽然只是在全向屏幕上投影出人造画面的老式设备，不过可以从外部调整飞行条件。考官会输入各种各样的数据来干扰飞行。乱流、雷雨、风向和风速的突然改变、冰上着陆、引擎内部空气冻结、鸟类和其他飞机的撞击,所有这些在现实飞行中有可能遭遇的问题,都能模拟出来。如果不能及时处理,就会产生悲惨的结果。

莉尔的分数远远超过一翔和三村,创造了塔内人员无法企及的记录。一翔看到得分表,露出了难以置信的表情。他骂了句脏话,用拳头狠狠地砸向自己的手掌。莉尔只是瞥了一眼得分表,就问三村下一个项目是什么。

"尝试驾驶十六飞行。"

"好呀!我一直想开一开那架飞机。"

莉尔在大家的注视中毫无畏惧地钻进了十六。随着机械启动的声音,研究塔顶层的屋顶慢慢打开,露出乌云密布的天空。这一天也看不到云层的边际,是个阴天,也是滑轮之地的常态。

冥海的气味微微飘进塔里。

莉尔发动了引擎,十六个旋转翼发出嗡鸣,卷起大风。机体离开地面,缓缓上升,很快便越过了屋顶的高度。连接机体和绞车的钢丝绳拉伸到极致时,十六停止了上升,机体倾斜,变为水平飞行。

莉尔驾驶十六,就像是系着线的蜻蜓在人的面前飞舞一样,在研究塔上空不断盘旋。哨声透过机体外部的扩音器传来,随后是莉尔的声音:"没有异常""视野很远"。

在塔里围观飞行的工作人员,有的呆呆伫立,有的举手欢呼,有的在称赞莉尔的能力,也有人用尖酸的语气说:"这倒是证明了她这个部件的性能很好。"

三村看着流畅飞行的十六,那优美的飞行方式带来的震撼填满了他的内心。莉尔驾驶的十六简直就像具有生命似的,精确地把握着大气的流动,在飞行中从不会失去平衡。她的天赋从根本上就和别人完全不同。

一翔咬牙切齿地看着天空,小声嘟囔了一句:"真不甘心。"三村听到了他的低语。那声音仿佛要沉入黑暗的深渊中。一翔目不转睛地盯着十六。

星期天,轮到三村负责去除卵块,他一早就走进了研究塔。

研究塔窗边放着绞车,他从里面拉出绳索,穿过普里奥,然后将普里奥和线束紧紧连接起来。检查过一切正常后,三村跃出窗外,轻轻点着塔壁,向冥海降落。

之所以不仅用绳索,还要带上普里奥,是以防万一,这样可以在泥栖生物来袭击时快速上升。

卵块紧紧贴在塔底。人如果太靠近海面,泥鲛和泥鲨就会从海里跳上来。它们一口就能咬断人的手和腿,所以必须小心翼翼,一点一点下降。不远处,福永厂长也在降落。

卵块还是浅黄色的,应该刚生出来不久。三村将助燃剂像撒酱料一样滴在卵块上,然后用喷灯点燃。新鲜卵块很难点着,需要用助燃剂。三村观察着火势,不时添加助燃剂,同时小心注意不要让火烧到自己。火焰的热气让三村开始出汗,没过多久,他的头发和衣服就带上了湿气。

三村问福永厂长:"决定好首次驾驶燕鸥的人选了吗?"

"我认为莉尔比较合适,但反对的声音还是很大。"

"是吗……"

"反对派认为,如果飞行成功,飞行员就是英雄。但一个非人的物种成为英雄,没办法带动大家的热情。研究塔的运营经费有一大部分依靠捐款,所以能不能获得大家的支持也很重要。"

"莉尔肯定会成功的。"

"你也别太在意顺序了。不妨把首次飞行的机会让给一翔,让莉尔去做更困难的任务。"

"这么一来,燕鸥计划的成功自然就是'人类的壮举'了吧。"

"这不是也挺好嘛。我们的目的是在别处找到安全的土地。首次飞行的荣誉,就让给那些执着于'人类尊严'的人吧。你觉得莉尔会因为这个安排而受伤害吗?"

"不觉得。"

"既然如此,那就不是我们需要担心的事了。"

等到卵块完全碳化,三村和福永厂长用刮刀从塔壁上将卵的残骸刮了下去，再把塔壁仔细抹平，然后涂上强化剂，喷上驱赶泥栖生物的药剂。

去除卵块需要的时间越来越多，再加上碳绳的修缮，三村被各处的工作逼得快要喘不过气了。高塔、钢柱、安全网。虽然工作量有多有少，但近来到处都发现了卵块，这可不是什么好兆头。

不知是不是被卵灼烧的气味吸引，泥栖生物们不时从冥海中露出头来窥探，在遭遇火焰喷射器的威胁之后，又纷纷回到海里。

冥海观测员说，泥海的化学成分似乎正在慢慢发生变化。地下都市和滑轮之地丢弃在冥海中的废弃物本来也不是每天都一样。就算是泥栖生物，也不可能总在冥海中舒适地生活。如果丢弃到海里的化学物质浓度上升，它们就会焦躁不安，有时甚至会中毒而死。

观测员认为这有可能就是泥栖生物产卵量增加的原因。死亡个体增加，泥栖生物就会产下更多的卵。对于泥栖生物来说，这是理所当然的生存战略。不过对于滑轮之地的人类来说，那就是令人头疼的情况了。

乘普里奥回到塔内后，三村和厂长一起走向食堂，去吃他们迟到的午餐。来到食堂，他们看到了莉尔和一翔。两个人站在墙边说话,气氛很不寻常。三村知道两个人之间的关系紧张,所以没有立刻走近,而是站在远处观望。

莉尔像往常一样戴着墨镜,看不清表情。即使如此,也能看出她很为难。两个人在吵架吗?要不要过去问问?三村正在犹豫,福永厂长却拍了拍他的胳膊,拦住了他。

终于,一翔从莉尔面前走开了。他看到了三村和厂长,对两人微微点头,向楼道走去。

莉尔从墙边走向长桌的一端,将铜罐中的茶倒进茶杯中。她在椅子上坐下,喝了一口茶,像是在稳定情绪。

三村朝厂长做了个手势,独自一人走向莉尔。他把午餐托盘放在桌子的另一边,跟莉尔打了声招呼,坐了下来。

莉尔茫然地抬起头,惊讶地问:"今天您也上班?"

"今天轮到我去除卵块。"

"卵块?"

"塔底粘着泥栖生物的卵。今天轮到我去处理。"

"啊,那个啊,我住在共育塔的时候经常看到。"

"你在塔里遭遇过泥栖生物的攻击吗?"

"没有。"

"我有过。小时候,有一次父母不在家,一条泥蛇爬了上来。虽然只是一米长的小蛇,但还是很可怕。我为了保护弟弟妹妹,拼命挥起砍刀和它战斗，砍了好多下，终于把它的头打烂了。我现在还记得当时的触感，十分恶心……"

"不能往冥海投毒，把它们毒死吗？"

"如果泥栖生物全都死了，冥海的状态就会恶化，所以只能采取保守措施。你知道为什么冥海里会有泥栖生物吗？"

"不知道。"

"那是地下的人类制造出来的人造生物。地下都市丢弃到地上的砂土中混有都市产生的废物。我们也和他们一样，将日常的垃圾和废物进行简单处理后就扔到冥海里去，泥栖生物会将它们进一步分解掉，变成无害的泥沙。不过，泥栖生物好像把地上的人类也当作是需要分解的垃圾。它们会吃掉碳绳上掉下去的人，有时也会爬到塔上来攻击人类。"

"那，泥栖生物和我一样，都是为人类工作的工具和部件……"

三村刹那间感觉很狼狈，本来想随意聊聊天，结果却不小心踩到了雷。他正在苦恼该说些什么来补救，莉尔轻声说："他们为什么要赋予我说话的能力呢？如果把我做得和泥栖生物一样，只会遵守命令，重复同样的工作，不是也挺好的吗？"

"一定是因为他们想给你布置更复杂的工作啊。"

"就因为我会说话，结果人们都讨厌我，怕我威胁到人类社会……如果我不会说话就好了。"

"但是,能和你说话,我很开心啊。"

"真的吗……"

"你也说过这样很开心吧。"

莉尔默默喝完茶,说了句"我先走了",接着站起身来。

三村问她:"你想第一个驾驶燕鸥吗?"

"不想,"莉尔垂下了双眼,"我已经放弃了。"

"嗯?"

"您也明白吧,我是'部件',不可能成为'人类'。让一翔第一个飞,大家都会高兴的。"

"如果你能接受,我也没什么好说的。不过,这样真的可以吗?"

"是的。"

"是吗,那可真有点遗憾。"

"辜负了您的期待,我很抱歉。"

"我很想看到你第一个驾驶燕鸥飞翔的样子。"

"真的吗?"

"真的。"

莉尔露出了浅浅的笑容:"三村先生能这样说,我就很满足了。"

燕鸥计划实施的当天，研究塔打开的屋顶上空，灰色的云像要融化般低垂下来。

最终还是决定由一翔担任初次飞行的飞行员。他穿着新衣服，接受大家的祝福，又从女友手中接过代表祝福的头盔，害羞地笑起来。

三村和莉尔在人群后面看着这幅景象，与周围的人一起鼓掌，认真听着一翔的发言。

就在即将出发的时候，一名工作人员冲上了楼梯。他的叫声在全楼层的人之间传开："冥海里的泥栖生物爬上来了！数量极多！"

福永厂长问："我们不是把卵全部烧光了吗？幼体从哪里来的？"

"不，不是刚孵化的幼体，爬上来的是终龄幼虫和成体。不光是我们这座塔，附近的塔上都有。"

三村和其他人一起冲到窗户旁边。看到冥海的景象后，所有人都倒吸了一口冷气。眼前的场景让人难以置信。

从窗口向外看去，所有的塔和钢柱上都布满了泥蝇的终龄幼虫和泥鱿蟹的幼年成体，还有舞动着危险钳子的甲壳类生物和蠕动着肥大身体的白色幼虫。巨大的泥蛇扭动着身体，镰刀形的脖子从水面上扬起,不断向塔逼近。泥鳗不能离开水生活,只能在海面附近疯狂翻滚,银色的鳞片在泥浆的浪潮中闪闪发光。无数软体动物蠕动着越过前面的同类,不停向塔上攀登。那幅景象宛如冥海在逆流一般。由于高塔和钢柱上都涂有驱逐剂,泥栖生物发出痛苦的鸣叫,但它们依然忍受着痛苦,不断向上攀爬,仿佛要吞没一切似的。

"冥海观测员发来了可怕的数据,"一名工作人员颤抖着报告,"冥海的化学物质数值从今天早上开始快速攀升,可能是地下的工厂发生了事故,无法控制废弃物的排泄量。泥栖生物忍受不了泥中的毒素浓度,所以纷纷逃离冥海。"

"也就是说,所有泥栖生物都在向塔上攀爬?"

几乎要刺破耳膜的噪声,从窗户下面逐渐逼近。黑色泥海中的所有动物都爬了上来。人们离开窗户,从楼里的架子上取下助燃剂和武器,拔开瓶塞,填充弹药。一翔的女友也和大家一样拿起武器。准备完成后,厂长一声令下,工作人员一个接一个地冲下了楼梯。

三村拿了一把长枪,把火焰发射器扛在肩上。一翔跑过来对他说:"三村先生,我也要下去。"

"不行,你去保护燕鸥。"

"不。我不去,让莉尔驾驶燕鸥吧。"

"被选中进行初次飞行的人是你。"

"我是这片土地上的人,在这种紧急时刻,怎么能自己逃走?"

"别说傻话!你必须驾驶燕鸥飞走,不能让飞机被泥栖生物吃掉。"

"莉尔比我飞得更好,她更能适应长时间飞行。"一翔转向莉尔说,"我之前在食堂说过,第一个驾驶燕鸥的不应该是我,应该是你。你快把燕鸥驾驶到安全的地方去!"

三村大吃一惊。那个星期天——他看见两人在食堂,以为一翔想要第一个驾驶燕鸥,导致两个人发生冲突。但实际上那时候一翔是想要让莉尔进行首次飞行,而莉尔担心旁人的想法,不肯答应。估计一翔是在劝解她,让她不要在意旁人的想法,去驾驶燕鸥。

"我也要留下来!"莉尔也出人意料地大喊起来,"我要和大家一起战斗。把泥栖生物挡在这里!"

"不行!"一翔大喝一声,"你要飞到天上去,保护飞机。"

"但是——"

三村插进两人的对话中:"莉尔,那架飞机的燃料足够飞两天,动用备用燃料还能再多飞半天。在天上可以清楚看到滑轮之地的整体情况,如果我们顺利击退了泥栖生物,我希望你再回到这里来。不过，如果你看到这里很危险，就按照原计划，去探索别的土地。一直向西飞，你会抵达滑轮之地的边缘。那是钢柱和碳绳所能到达的最远处。那里有很多废弃的高塔，里面为这次计划准备了备用燃料。只要那里没有泥栖生物，你应该很容易补充燃料。如果它们来打扰，你就用音响和闪光弹驱赶它们。地图上标记了准确的位置。"

"三村先生，我——"

"飞吧，不要管我们了。不过如果你能够再次回来，我想知道一件事。"

"什么事？"

"我想知道你眼睛的颜色。我很想知道你的眼睛是什么颜色。"

莉尔的表情像是要哭出来一样，她抬手想摘掉墨镜，但三村拦住了她。"不，不是现在。这是让我们再次相见的约定。"

莉尔冰冷的手停住了。她看着三村，紧闭的双唇开始颤抖。

三村露出了爽朗的笑容。"没事的。这片土地上的人很坚强，一定会有人活下来的。"

"三村先生，我也有个愿望。"

"什么愿望？"

"如果我回来了，请给我起个名字。莉尔是代表整个种族的名字。我要一个能被别人称呼的、像是人类女孩子那样的名字。我希望三村先生用那个名字叫我。"

"知道了,我会好好想想的。"

莉尔从架子上取下练习用的头盔戴上,迅速系好帽带。然后,她冲向燕鸥的驾驶舱,发动了引擎。

叶轮开始旋转,发出嗡鸣。引擎的轰鸣和风的声音很大,三村和一翔无法交谈。旋转翼形成的下降气流将这层楼上剩余的工具一个个吹飞起来,丢在桌上的文件像有了生命一样在空中飞舞,沾着油污的衣服揉成一团飞上半空,塑料罐翻转着彼此碰撞,响起嘎啦嘎啦的声音,像是祝福旅行顺利的钟声。

三村和一翔迅速从燕鸥旁边退开,来到通往下层的楼梯旁。

燕鸥有了飞行员,高兴地颤抖着离开地面,稳定而迅速地沿着垂直方向升起。白色的机体持续上升,宛如飞向乌云的鸟儿一样。最后,燕鸥的叶轮向前倾斜,机体开始平稳地水平前进。

三村和一翔欢呼起来,向空中举起拳头。

三村小声问一翔:"你从什么时候开始觉得莉尔比你优秀?"

"从看到她驾驶十六的时候开始,"一翔回答,"她飞得那么漂亮……这比看到模拟结果的时候还要让我震撼。我很不甘心,一直告诉自己,我的飞行技术更厉害。但是没办法,每次这么想的时候,眼前就会出现莉尔驾驶飞机的样子。连做梦都会梦到。"

"我也是。"

"三村先生也是吗？"

"对，可以说被她迷住了吧。"

"不过，如果不是泥栖生物涌上来，我可能不会把机会让给她，毕竟我还是不太甘心……"

"没关系，我明白。"

两人下了楼梯。下层的男男女女都把上半身探出窗口，射杀着爬上塔身的泥栖生物。情况显然很不乐观。数量多到让人只能苦笑的泥栖生物像被磁铁吸引着一样，如同漆黑的流体，不断向上攀爬。

泥栖生物们越过同类的尸体，沾着同类的鲜血，不停地前进着。回到冥海只会被毒死，所以它们必须向上爬，在上面寻找生存的地方。从本质上来说，这和三村他们制造飞机的理由是一样的。

三村大声告诉所有人："燕鸥顺利飞走了，驾驶它的是莉尔，一翔把机会让给了她，以她的水平，肯定没问题。"

听到三村的话，有些人愣在那里，一句话都说不出来，也有些人开始欢呼鼓掌，当然也有人带着一脸"那又如何"的表情，用嘶哑的嗓音说："快过来帮忙。"

三村按下火焰发射器的按钮，用另一只手拿起枪。他挤进在窗口排成一排的人群中,边向下看,边询问旁边的人:"用绳索吊下去烧它们怎么样?"

"不行。一下去就会被吃掉。"

三村抬头看向另一边。有个人落到了错误的地方,正在被泥栖生物袭击。那人已经被撕扯得七零八落,化作了破碎的血肉,完全没有了人体的形状。泥栖生物像发疯一样从不同的方向冲撞着鲜血淋漓的躯体。也许是因为人血能稀释它们体内的毒素吧。

"从那个情况看,小心点的话应该没问题……"三村平静地说,"谁去把绞车和普里奥拿过来?"

这时,高塔上空传来尖锐的哨声。

三村从窗口探出身体。

已然变得很小的燕鸥在高空盘旋着,仿佛在和他们打招呼。哨声是从燕鸥上搭载的外部扩音器传来的。那不是信号音,而是将不同长度的声音组合起来的复杂声响,声响像是为了唤起大家注意似的,不断鸣响着。好似从未来传来的希望之音。

——不管看几次,她的飞行姿态都那么漂亮。

三村尽情欣赏完闪耀着白色光辉的燕鸥,然后将视线转回冥海。

泥栖生物马上就要逼近到眼前了。在激烈的枪声和人的怒吼声中，燕鸥发出的警报声渐渐消失。逐渐远去的声音在三村耳中回荡。他抓住穿过普里奥的绳索，跳出窗外。

三村一边沿着塔壁下降，一边用枪向四周扫射。被霰弹击中的泥栖生物瞬间绽放开，坠向冥海。幼虫像水气球一样爆裂，软体动物的甲壳被打穿，内脏喷射而出。在飞溅的红黑色的体液中，三村飞速向下降去。

他的衣服被溅起的鲜血浸透，变成了和泥栖生物一样的颜色。三村的喉咙深处发出笑声。童年时代的记忆在苏醒，痛苦和恐惧在心底混合在一起。

眼前是那时的小蛇无法比拟的巨蛇，浊流一般涌来的奇怪生物在背后蔓延开来。它们就是我，我就是它们。感觉着迫近到眼前的危险，一种令人眩晕的兴奋感在三村的太阳穴周围绽开。

他并不想死。

带着和莉尔一起在蓝天中飞翔的梦想，三村宛如滑落般，向着泥栖生物的聚集深处冲锋。

普特罗斯

新作 二〇一三年执笔 二〇一六年改稿
译者 丁丁虫

在地球的古语中，普特罗斯这个名字的意思是「长翅膀的生物」。为了迎接一生的终结，它正英姿飒爽地回归到宏大的循环中去。

背后遭到强烈的撞击。刹那间，眼前的云消失了。视野陡然旋转，取代云层出现的是中间层上部的橙色薄雾。仿佛被巨手抓住向下拉拽似的，志雄和飞行生物普特罗斯都变成了仰面朝天的姿势，从一百公里的高空向地面坠落。不过，因为行动辅助人工智能调节着大脑神经，所以志雄并不觉得恐怖。

名为卢卡的人工智能将它对当下状况的处理方案投射到志雄的眼前："我在调节普特罗斯的运动机能，调整了姿势。要恢复升力有些困难。你做好降落的准备。"

"降到地上吗？"志雄问，"下面很冷啊。"

"你穿着防护服，经受得住。"

"普特罗斯不会冻坏吧？"

志雄全身被防护服紧紧包裹着，完全感觉不到中间层的风，也感受不到周围只有零下九十摄氏度。地表的温度更低，仅有零下一百七十摄氏度，不过对于志雄，以及作为防护服一部分的卢卡来说，完全没有问题。

但是，普特罗斯承受得了吗？

"除了降落，没有别的选择。"卢卡语气强硬，"等不及轨道上的救援了。让普特罗斯软着陆吧。它总会有办法的。"

"好吧，交给你了。"志雄提升了卢卡的操作权限，"别再伤到普特罗斯，要顺利着陆啊。"

"明白。"

志雄向与自己共栖的普特罗斯放出电信号。受到探针刺激的普特罗斯从僵硬状态中恢复了意识，仓皇地扑扇着翅膀。志雄装在它头上的设备已经扎了根。那设备能够略微控制生物的运动机能。

普特罗斯没能很快地调整好姿势，刚才的撞击似乎伤到了它的一只翅膀。普特罗斯保持不了平衡，继续以仰面朝天的姿势向下坠去。志雄贴在普特罗斯的腹部，能够清楚地看到天空。天空的一角有围巾形状的飞行生物，正摆动着身体的边缘。那是希尔佩亚。是它袭击了我们吗？一定是被它的巨大身体撞到，普特罗斯才伤了翅膀。

普特罗斯是硅基飞行生物，它的上翅弯曲，宛如金龟子。上翅下面伸展出纤薄的下翅。普特罗斯依靠下翅飞翔。现在大约就是下翅受伤了吧。幸好还有上翅迎风，才能顺着气流滑翔。

在下降的过程中，志雄遇到了另一群普特罗斯。那些普特罗斯的半透明身体和翅膀，犹如水晶一样闪闪发亮，散发着朦胧的银色光芒。在空中，这是完美的保护色。在夕阳的映照下，它们就像散落的水晶碎片。水晶群在视野里逐渐远去，最终变成玻璃珠大小。

中间层的风以远超行星自转的速度呼啸不停。志雄看着头顶上散开的橙色薄雾，深切地感到风的速度。薄雾呈现出渐变的条纹状，绵延不绝。在一百公里以上的高空，风比这里更加凛冽。

所有的风都和赤道平行，朝同样一个方向吹。这颗星球不像地球，不会在不同地域呈现出环状流动的风。这是所谓的特快自转（super-rotation）现象。在太阳系，金星以及土星的卫星泰坦也都观测到了与这颗系外行星同样的现象。

志雄从防护服内部能看到光化学烟雾。正常情况下，他本应该贴在普特罗斯腹部，面向下方，保持着观察甲烷云的姿势飞行。那个姿势看不到位于中间层上方的烟雾。氮气和甲烷与恒星光反应生成的光化学烟雾总是飘浮在志雄——准确地说，是飘浮在普特罗斯的背面。只要能看见那些烟雾，便说明普特罗斯还没有调整好姿势。

普特罗斯的坠落并不罕见。它们被天敌追赶时经常坠落。

希尔佩亚比普特罗斯大得多，一旦它们发现一群普特罗斯，就会从上空高速下落，凭借自己围巾一样扁平的身体把普特罗斯一网打尽，用身体内侧的大口咀嚼。遭遇攻击时，有的普特罗斯会被希尔佩亚的巨大身体撞开而坠落。与志雄共栖的普特罗斯也是其中的一只。普特罗斯的全长是志雄身高的两倍多，翅膀张开足有十米长。为了更好地飞行，它的身体构造有些特殊，就算志雄像吸盘鱼一样贴在它的侧腹，它也完全感觉不到。正因为如此，志雄才能调查普特罗斯的生态和行星的整体环境。虽然预先考虑到了发生事故的可能性，但真正开始坠落的时候，还是有些令人畏惧。

终于，普特罗斯的努力有了结果，橙色的烟雾从志雄的视野里消失了，甲烷云重新出现在眼前。普特罗斯调整好姿势，开始向对流层飞去。它借助秒速一百一十米的风，滑翔着准备着陆。

志雄呼叫了在轨道上待命的调查船："泷川主任，我可以降落吗？现在的情况无法返回。"

"你自己决定。"泷川愉快地说，"地表也有不少值得宇宙生物学家调查的东西吧？你尽情去搜集吧。附近有'冻石柱'吗？"

志雄将地形和距离的信息投射到眼前。目标被标上了红色标记。"有，很近的地方就有一个。"

"爬到'冻石柱'顶上，就能借助风力飞起来。等普特罗斯的翅膀恢复了,你就去那上面起飞,我会派回收船来接你。"

"谢谢。"

　　普特罗斯冲入甲烷云中。普特罗斯的口腔内是硅和铝的化合物构成的多孔质。只要飞行的时候张大嘴,就能吸附大气中的甲烷和氮气。在降落到地面之前,需要尽可能多地吸收营养。

　　穿过云层,风减弱了不少,在液态甲烷雨中,普特罗斯缓缓向地面降落。气压已经达到了十万帕斯卡。

　　如果以现在这个姿势着陆,志雄会被夹在普特罗斯和地面之间拖曳。他紧盯着激光探测器实时更新的高度值,寻找着时机。在距离地面还剩四米的时候,他用双手抓住普特罗斯的两肋,解除了防护服的背部吸力,变成如同悬挂在降落伞下面的姿势。

　　液态甲烷雨淋到防护服上,志雄将普特罗斯的身体向前一推,借势垂直落到地面。由于加速度,着陆点略微有些靠前。志雄陷入冰沙状的地表。环境重力约为 0.6G,几乎没有对防护服造成冲击。

　　志雄跳离之后,普特罗斯依旧继续向前滑行。它的腹部擦着地面,滑行了大约五米方才停住。志雄跑过去看了看情况,发现它的腹部出现了八根短短的突起,犹如青虫的脚一样。

　　"它有脚啊?"志雄惊讶地说,"我还是第一次看到。"

"那些脚好像保护了它的腹部。"卢卡说。

"普特罗斯不是利用特快自转现象一直在天空中飞行的生物吗？它不需要脚吧。"

"看起来那些脚平时都是收在腹部的。也许它们也有降落休息的习性，只是我们不知道罢了。否则这个器官不会这么发达。"

普特罗斯微微抬起身子，它的思维通过探针传到了志雄心里。模糊的思维波重叠在志雄的思维上，他猜测那是因为耗尽了体力和精力而产生的呆滞，或是因为受伤而产生的失落。志雄身为人类，很难判断异种生物普特罗斯的感觉。

志雄绕过它的尾部，查看它下翅的伤势。右侧下翅破损得厉害，再生需要不少时间。

普特罗斯把下翅轻巧地折叠在弯曲的上翅里，左右晃着头，似乎在确认方向。令人惊异的是，普特罗斯精确地将头转向了"冻石柱"的方向，蠕动起八只脚，朝那边爬去。

"它知道'冻石柱'在那边？"

"好像是。"

"卢卡，你算一下，以它的步行速度，到达目的地需要几天。"

"收到。——按这里的时间计算，需要七天。"

要在这片冰原上走七天？

地图和线路投射到志雄的眼前。

寻梦芦笛

在冰原上行走，可以采集到冰雪生物和微生物标本。志雄在腰上挂了五十根小型采集器。如果一点一点地采集各种冰块和液体，应该能够捕获有助于研究的生物。

普特罗斯摆动着短腿不断前进。志雄追在后面。

连绵的小雨打湿了冰霜覆盖的大地，给它染上一层古朴的银色。因为云层很厚，天色就像黄昏一样暗。没有什么出奇的景色，只有不多的丘陵和绵延不绝的低洼地，看不到活物的身影，也看不到其他的普特罗斯。

地表几乎没有风。就算普特罗斯的翅膀没有受伤也飞不起来。以它的大小，只要不从高处滑翔，就没办法借助风势起飞。

冰原上有甲烷池，那是云层中落下的雨水在地表蓄积而成的。此外，也有液态乙烷池。无论是液态甲烷还是液态乙烷，都会蒸发成云，然后再变成雨水落下。对流层经常发生这样的循环。很明显，行星的地下有着广阔的液态区域，无人侦察机正在从别的途径调查行星的地下海。

普特罗斯来到池边，将嘴浸入乙烷池里，津津有味地喝起了乙烷。

志雄眯起眼睛笑了："它看起来很开心啊。"

卢卡回答说："吸收营养有助于它的下翅尽快恢复。这片地方有这么多乙烷池，真是帮了大忙。"

吸收进普特罗斯体内的碳氢化合物,经过共生微生物的代谢,成为它身体的组成部分和行动的能量。进食中的普特罗斯,思绪平稳,似乎是很安心的样子。志雄通过探针感受到普特罗斯的思绪,松了一口气。

到普特罗斯再次行动之前,志雄静静地等在旁边。志雄不需要吃东西,他体内植入的胶囊中储存了几十天所需的卡路里,可以将营养缓释到血液里。防护服则带有力量辅助功能,即使长距离行走,也不会特别疲劳。

普特罗斯离开池边,又走了整整两个小时。突然,它停下脚步,蹲了下来。

"普特罗斯身体不舒服吗?"

"不,是在休息吧。"

正如卢卡所说,普特罗斯没有表现出不舒服的样子。十五分钟后,它又重新走了起来,然后又以同样的模式走走停停,简直像钟表一样准确。

环境温度是令人不安的零下一百七十摄氏度,但普特罗斯似乎完全不觉得痛苦,看上去它能够应付这样的环境。

但当地面起伏变大后,普特罗斯的速度便慢了下来。

"这附近只要形成河川就会马上干涸,地面被削去一层后就变成现在这样了。"卢卡说。

"你觉得普特罗斯还能继续前进吗？"

"还是干预它的运动机能吧。虽然没有我们帮忙，它应该也能自己爬上去，但是为了节约时间，还是帮帮它比较好。"

普特罗斯对志雄的帮助并不显得惊讶。或许是因为它以为那都是它自己的力量，因此依然对志雄漠不关心。在空中的时候它也是这副样子。话说回来，它到底有没有把志雄当作生物，这一点本身就很值得怀疑。由于普特罗斯的躯体庞大，志雄选择了共栖关系，但这种关系在目前的情况下会显得有些不够亲密。志雄希望和它之间能形成互相合作的伙伴关系。但对语言不通的生物奢求这些，不免有些愚蠢。

分析宇宙生物的思维是很难的。因为不能带入人类的价值认知，就算记录下探针传来的激烈波动，也无法判断那到底是困惑、愤怒还是兴奋。在人类的认知里，剧烈的波动可以解释为心理的困惑，但对普特罗斯来说，也许那恰恰是心理状态稳定的表现。

不要用人类的喜怒哀乐判断获得的信息，这是宇宙生物学的基本原则。所以志雄虽然一直都在通过探针感受普特罗斯的内心波动，但依然没办法真正理解它们的感受、想法和价值观。

志雄所在的研究组成员每次驾驶调查船探索新行星、发现新生物的时候，经常会在飞船里讨论。

究竟什么才是全宇宙通行的"智慧生命"的定义？或者说，是否存在这样的通行定义？

只有智慧形式和人类相近的生物才能被称作智慧生物，这种想法明显是狭隘的。每种生物的智慧形式都与所处的环境相适应。地球上的生物同样如此。

在系外行星探索已经很普遍的今天，人们愈发清晰地认识到，宇宙中有很多无法用地球的常识来解释的生物，它们的智慧不能用地球的标准来衡量。

给调查对象植入探针的方法是以电信号的形式提取宇宙生物的思考状态。这种技术很先进，但提取出的信号应该如何解读，以及所做的解读究竟有没有意义，相关的讨论始终没有结果。

另一个问题是，如果宇宙生物的外观和构造与地球上的某种生物相似，是否能够认为它们的思维方式也一致？比如普特罗斯的外形和地球上的金龟子很像，但它们的思维方式和昆虫纲的金龟子未必一样。普特罗斯的智慧可能远高于金龟子，当然也可能远低于昆虫，说不定更接近于细菌。普特罗斯的体内有很多共生细菌，可能它自身并没有思维，而是通过共生细菌构成的网络进行思考。地球上有研究表明，有一种微生物彼此间能够传递电子。如果是这样，那么普特罗斯的思维主体究竟是它自身，还是与它共生的微生物呢？

"中间层的环境刺激较少,像普特罗斯这样终其一生都在飞行的生物,会产生怎样的思维呢?"

"很难回答啊。"

"正因为环境单纯,微生物网络型的智慧会更适应吧。"

"地球上的微生物和昆虫的智慧都很简单,适应能力却很惊人。在这颗星球上,就算产生出更奇特的高度智慧类型,也没什么奇怪的。"

步行两小时,休息十五分钟。这样循环了五次之后,普特罗斯进入了长时间的休息。三十分钟之后,它依然没有行动。探针传来的波动变得十分平缓。在空中飞行时,普特罗斯也会每天一次进入这样的状态。它的下翅还会继续活动,但思维的波动会变得极为平缓。这种状况会持续四个小时左右。志雄认为这是普特罗斯在睡觉。

志雄躺到普特罗斯身边。

就算普特罗斯突然醒来,卢卡也会提醒他,所以志雄并不担心被普特罗斯丢下。他将监视任务交给卢卡,然后闭上了双眼。身体还留有飘浮的感觉。和行走的时候相比,平躺下来反而更容易回忆起飞翔时的感受。

一夜无梦,直到被卢卡叫醒。

"早上好,志雄。"

"普特罗斯呢?"

"刚刚开始行动。"

缓缓起身的普特罗斯的思维依旧十分平静。

它没有不安和恐惧吗?或者说这种平静的状态才是普特罗斯不安的表现?它在面对艰难的境况时,反而会像这样,内心变得平静?

志雄对卢卡说:"再试着和普特罗斯说说话吧。"

"不行的吧。你在空中飞行的时候不是也试着和它说过话吗?它一点反应都没有。"

"现在我们在地面上。也许环境改变了,会让它有所思考,说不定这是和它对话的机会。"

"可是它的思维几乎没有波动。"

"跟它说说话,也许会有反应呢?"

志雄将自己的思绪传给普特罗斯。就算它不明白含义也没有关系,只要它意识到有人在和它说话就行。

"我说,走在地面上是什么感觉?和在天空时不一样吧?很难前进吧?你不着急吗?你以前也见过地面吗?"

没有回答。

普特罗斯又开始行走了。志雄继续跟上。

"你们是怎么出生的？你们的蛋在哪里？在哪里繁殖？我们什么都没发现。

"我倒是见过几次你同类的死亡，也许是因为我们来到这颗星球的时候刚好赶上你们世代交替的时节吧。

"地球上有很多会飞的生物。有像手指头那么小的生物，也有比我还大的生物。借助工具，人类也可以飞上天空。最大的工具是宇宙飞船，它就在这颗星球的上空飘着呢。

"一生都在空中飞翔是什么感觉？你们怎么交配呢？你们肚子会饿吗？"

在两个小时后的休息时间里，普特罗斯的思维终于传来了细小的波动。

"有反应了！"志雄很激动。但是卢卡却很冷静："又不知道是什么意思，也不知道它想干什么。"

"昨天休息的时候一点反应都没有。这不是很大的进步吗？"

"说不定只是它的身体状况有了点变化。"

"难道不会是它理解了对话后做出的反应吗？"

"信息不足，无法判断。"

"等说话方都忘记了之后才给出回应，人类当中不是也有这样的情况吗？普特罗斯这么做也不是不可能的吧。"

第二天、第三天，志雄都不断和普特罗斯说着话。

普特罗斯的反应渐渐快了起来。虽然志雄还无法理解返回的信号，但只要志雄发出信号，就会收到它的回复，很有规律。这些回复的信号有长有短，有时还会收到蜂拥而来的急促回复，像是要盖过志雄的信号一样。

"感觉像是爵士乐的即兴演奏。"志雄自言自语道。

信号和信号的冲突、波动与波动的撞击。这不是旋律，而像是通过打击乐来把握对方的思维。不过志雄完全无法理解其中的意思。

风景逐渐变化，志雄的眼前出现了布满液态甲烷池的平原。

要想迂回前往"冻石柱"，需要绕很远的路。

普特罗斯会怎么做呢？志雄静静地观察。

普特罗斯略微张开上翅，进入池中。它的一半身体浸在甲烷里，保持着恰好的浮力，又用下翅作桨，划动液态甲烷，荡起平稳的波纹，向前游去。

志雄也踏进池里。

"液态甲烷比重很轻，你穿的这件防护服比较重，需要游动起来，不然会沉下去的。"卢卡提醒说。

"知道了。"

很快，志雄的脚就踩不到池底了，他开始游起来。和普特罗斯不同，志雄的全身都浸在池里，依靠防护服的浮力装置才没有沉入池底。

志雄打开了水下探照灯。

灯光照着前面平稳游动的普特罗斯。

防护服表面配置的传感器检测到液体中有少量生物存在。需要带回去分析，才能确定是不是这颗行星上的原生生物。如果这是某种微小生物或某种幼体，那将会是个大发现。

志雄打开采集容器的盖子，吸收了足够的液体。

话说回来，普特罗斯真是一种神奇的生物，不仅有行走能力，还具有游泳能力。它们的躯体为什么会进化出这么多的功能呢？

是因为经常被天敌攻击、不得不坠落到地表生存，因而发展出这些能力的吗？地球上的确有这类进化方式，这颗行星上的情况也是如此吗？

志雄问卢卡："对普特罗斯来说，地面和天空会不会没有区别？"

"你是说，它们把整个行星当成同一个环境？"

"是的。所以它从天上掉下来也不害怕，在水里也不慌张。地球上也有很能适应环境变化的生物。普特罗斯的适应力可能比那些生物更强。"

"借助特快自转，可以轻松环绕行星一周，所以它们那个物种出生之后就很了解行星的整体环境。因为在空中生活时，它们经常能看到极其广阔的范围——"

"生物并不是因为天敌的关系才进化出发达的器官，而是行星的整体环境决定了个体生物的形态，这其中当然也包括天空。它们比鸟飞得更高，我们应该把它们视为比鸟更厉害的生物。"

普特罗斯终于上了岸，继续默默地向前行走。

志雄依旧跟在后面。

如此说来，这颗行星和普特罗斯是一体的、联动的。与其说是栖息在行星上的普特罗斯在行动，不如说整个星球在以整体的形式行动着。志雄他们只是在从外部观察着这个整体。普特罗斯就像一颗螺丝。只检查一颗螺丝当然不可能弄清整台机器的运行机制。志雄也同样没能弄明白这颗星球的本质。

正如卢卡的计算，出发后的第七天，志雄他们抵达了目的地。

这是志雄第一次从地表观看"冻石柱"。之前曾经飞过它的上空，俯视过它，现在从下向上仰望它，更能感受到它的压迫力。

在这颗行星上，已经发现了四十三处"冻石柱"，根据调查船的分析，它由碳、氢、硅、氮、氧、钠、铝、镁等元素组成。因为它的形状和钟乳洞中形成的石柱相似，所以暂且将它命名为"冻石柱"，但还没有给它起学名。超声波调查显示其内部有高黏度液体存在。

柱子的高度约有三百米，顶部的风力应该很强，但从地面上看却感觉不到。

普特罗斯自然地朝"冻石柱"前进，志雄对这件事情很感兴趣。"冻石柱"的位置在中间层下面，普特罗斯平时应该没什么机会看到它。难道它们具有降到对流层以下的习性？和志雄共生的普特罗斯，之前从没有下降到对流层。不过如果条件允许，也许普特罗斯真的会下降到对流层。或许普特罗斯早就知道"冻石柱"，才想借之返回中间层。

志雄并不着急。普特罗斯已经开始攀登"冻石柱"的外壁了。它的八只脚交替前进，奋力向上攀爬。虽然防护服具有力量辅助功能，但志雄并不打算自己爬上三百米。志雄利用防护服的吸附功能，趴在普特罗斯的背上。

随着他们不断向上攀爬，风力开始逐渐增强。一开始还是缓缓吹拂的轻风，后来慢慢增强到让普特罗斯攀爬得越来越慢的程度。

虽然普特罗斯的动作变得迟缓，但它的思维依然活跃，前所未有的强烈律动透过探针传到了志雄心里。志雄的心情随着强烈的波动起伏，不知为何，他开始回忆起过去的事情。自己刚刚成为宇宙生物学家、刚刚开始飞向系外行星时的令人怀念的回忆，一个接一个地出现在脑海里。那些记忆伴随着影像、声音和气味逐渐复苏。

志雄这一代人并不了解地球，他们在建立于太阳系外恒星轨道上的居住区中出生，也在那里长大。居住区附近并不存在大型生物生活的行星，所以志雄并没有真正接触过"生物"，他对这一概念的认识大部分来自立体影像图鉴。所以从孩提时期开始，志雄就梦想成为一名生物学家，想要看看真正的生物是什么样子。如果可以的话，他最想去看无比巨大的生物。

从事这项工作有两条道路：一条是前往地球、调查古代生物；另一条则是改造身体机能，获得超长的寿命，成为专门研究系外行星的生物学家，在宇宙各处寻找新物种。

选择前一条道路还有回到故乡的可能，后一条道路相当于买了一张单程票。志雄选择了后一条道路。改造自己的身体，让志雄内心充满了挑战极限的兴奋感——在保持人性的同时，成为超越人类的存在。对志雄来说，宇宙是一座庭院。之所以要进行身体改造，是因为横穿这座庭院需要极其漫长的时间。

无论遇到什么样的新生物，志雄都会感到十分开心，并且留下详细的研究记录。他写过的论文汗牛充栋，都发送到了太阳系内的各家机构。只要不断地这样勤恳探索，总有一天会发现和地球同类型的行星吧——志雄带着这种隐约的期待，不断经过各种荒凉的行星和小行星。他觉得，与其说是研究者，自己更像是一名猎人，或者是流浪者。换句话说，他在不同于普通人的生存方式中体会着生命的喜悦。

"冻石柱"不断发出尖锐的声音。志雄的内心深处好像有什么东西在不断膨胀，蠢蠢欲动。突然，志雄感到脖子像是被什么东西勒住了，那种感觉让志雄和普特罗斯的思维开始同步，渐渐要融为一体。

志雄对卢卡下达指令。

"'冻石柱'似乎在和普特罗斯的思维产生共振，调查一下产生共振的原因。"

"它们好像在进行通信。"

"难道'冻石柱'是通信装置？"

"不知道。也许它们是在像生物一样相互呼唤。"

粗粗一看，"冻石柱"的表面并没有孔洞或者类似于出入口的地方。就算被普特罗斯的爪子抓住，石柱坚固的表面也没有变形，依然牢牢支撑着柱体。

这根冰冻的柱子里，究竟藏着什么东西呢？

"降低探针的灵敏度。"志雄对卢卡说。

"为什么？"

"继续这样下去的话，我会被场共振吞掉。我此前没有和异种生物思维同步的经验，不切断与对象的联系，我就没办法继续观察。"

"明白了。"

"注意记录，将结果保存在非语言信息的条目下面。"

"收到。"

传感器的灵敏度下降后，侵蚀志雄的兴奋和恐惧感顿时减弱了。果然是受到了强烈的影响。这次的刺激强度是之前单纯的对话无法比拟的。

登上"冻石柱"的顶端之后，志雄依然没有发现出入口和孔洞。"冻石柱"的顶部是一个直径二十八米左右的平台，有不少凹陷的小坑，其中积满了液态甲烷。

风比想象中强劲，如果笔直站立，很可能会被吹走，所以志雄从普特罗斯的背上爬下来后，便趴在了地面上。他启动防护服双手和两膝处的吸附功能，防止自己被强风吹走。

普特罗斯收起了八只脚，疲倦地蹲在地上。它的翅膀差不多已经完全长好了，稍微休息一下应该就能飞起来。

志雄趴在地上，环顾四周。他发现周围地面的起伏并不只是简单的凹凸不平，凸起的部分比带他上来的普特罗斯小两圈左右,表面被一层薄冰覆盖着,用手就可以轻松把这层冰剥开,露出光滑的表面。那样的凸起随处可见,大小都差不多,摸上去都是同样的触感。

志雄借助视野扩大功能,观察凸起的细节。用拳头敲打凸起,那地方会轻轻颤动。一开始志雄以为是自己眼花,又试着敲了一次之后,凸起的部分颤动得比之前更厉害了。

志雄双手抓住岩块两边,使劲扭了一下。

"你在干什么?"卢卡问。

"剥开它。"

"为什么?"

"说不定……"

冰块发出"喀啦喀啦"的声音,碎开了,有一个类似龟壳般的东西,从边缘处剥离下来。志雄将它翻过来,观察它的反面,发现那里有类似生物腹节一样的东西在微微抽搐,八条短腿在慢慢活动。

卢卡立刻做出了反应:"这是——"

志雄呼叫调查船:"泷川主任,我到'冻石柱'顶部了。能检测到我的位置吗?"

"辛苦你了,"志雄耳边响起了泷川爽朗的声音,"成果如何?"

"我从五十个地点采集了样本,打算回去以后调查有没有生命迹象。"

"谢谢你。"

"另外，我在这里发现了有趣的东西，还要再观察一会儿。"

十分钟后，凸起处发生了巨大的变化。它在没有志雄干预的情况下，自己动了起来，就像是蝉的幼虫从地面钻出来一样。志雄本以为是岩石的那一部分，现在正在蠕动着八只脚，破冰而出，将自己从"冻石柱"上剥离下来。

志雄用防护服的录像功能记录下了整个过程。数据会实时传送回调查船。那些影像一定会让泷川和其他调查员兴奋不已。

冰块裂开的声音在各处响起。从"冻石柱"中爬出的生物们撑开了冰冻的上翅，上翅下方传来了柔软的下翅张开的声音。

它们是刚出生的普特罗斯。

这里的风大到几乎能吹动"冻石柱"。对于普特罗斯的第一次飞行来说，这是最完美的环境。张开翅膀的普特罗斯们稍稍抬起身体，就一个个被风吹起来，从"冻石柱"顶部飞了出去。它们在降落的过程中掌握住风势，动作之灵活，让人想象不到这是它们的第一次飞行。

幼体一个接一个爬出，周围变得拥挤起来，简直都没地方落脚了。幼小的普特罗斯们乘着风，切开以氮气为主要成分的空气，向空中飞去。志雄看着它们，想到了撒向天空的纸片。他眯起双眼注视着那些一出生就飞向天空、毫不停留的生命。

志雄听到通信器中传来研究人员的欢呼声，脸上浮现出微笑。他继续平静地报告：

"我知道'冻石柱'是什么了。这是像水母巢一样的东西。'冻石柱'应该是由生物，也就是由普特罗斯的一只只幼体组合而成的完成体，这一定是硅基生物特有的成长方式。就像水母会从自己的巢中分离出来一样，它们会在某一时间点从硅化物变成普特罗斯，我们刚才看到的就是它们起程的瞬间。'冻石柱'的根部可能一直连接到行星地下。这颗行星的海水里充满了硅和氮，'冻石柱'将吸收到的成分储存在特定的地方，在石柱内部形成普特罗斯的幼体，或者某种核心，然后慢慢积累、升高，等到高度超过三百米后，普特罗斯的成熟体就依次从石柱顶部分离出来。"

带志雄上来的普特罗斯，一直将头朝向幼体的方向，直到新出生的幼体们全部飞走。它的思维中只有安静的细微波动，像是在淡然观看整件事情的发生。在它的内心中似乎感受不到人类的老者看到年轻人时经常会出现的悲伤、自卑和苦涩。

也许普特罗斯并没有"年龄"的概念，志雄想，在它们眼中，刚刚出生的个体和自己也许并没有区别。它们的外表除了体积以外再无不同之处，而且它们的生活是在空中不断飞行，天空中几乎没有可比较的对象，所以并不需要在意身体大小的区别。另外,如果普特罗斯这种生物的成熟体并不进行交配,而是通过不断组成"冻石柱",以交配之外的形式来产生新一代的话,对它们来说,也不会有年龄增长或者成熟的概念。

新一代都飞走后,和志雄一起旅行的普特罗斯终于张开了自己的上翅。冰霜在它周围飘散,它的下翅已经恢复,它做好了乘风飞翔的准备。

志雄向后退了一些,通过探针对普特罗斯说:"这段时间谢谢你了,不过,我们要就此告别了。你自己走吧。我要在这里等待回收船。说实话,我还想再和你一起飞些日子啊。"

志雄有些寂寞,继续说道:"在空中飞翔的时候我就看出来了,毕竟我们观察你们很久了……你已经活了很久,能活动的时间不多了,根据我们至今为止观察到的样本来看,你大概还有六十天的寿命吧。不过,如果你们没有'年龄'的概念,可能也不会有'死'的概念吧。你不会害怕自己的死亡,而是会在天上继续飞翔,直到生命的最后一刻吧。如果是那样的话,继续和你共生就会有危险,因为不知道你什么时候会掉下去。"

志雄温柔地抚摸着普特罗斯的上翅:"我很开心,真的很感谢你。我们人类现在还很难和你们交流,但是能不能交流与能不能共生并没有关系。生物就算无法互相理解也是可以共生的,只要互相认可对方的存在,就一定会找到共同生活的方法。"

无论志雄说多少话，普特罗斯都是一副无法理解的表情。相比之下，似乎久违的飞翔才会让它兴奋。它拍打下翅的频率越来越快，思维的波动也变得越来越激烈。

志雄切断了探针的连接，把连接装置从头上取下来。

从电子网中被释放出来后，普特罗斯微微竖起翅膀，判断风势。过了片刻，它便突然冲进风里。

离别发生在一瞬间。

普特罗斯用上翅和下翅迎着风，时隔七天之后，再次在空中飞翔起来。它振翅的方向和速度很平稳，完全回到了天空生物的状态。

它在"冻石柱"上空短暂盘旋后，径直冲上了天空。

向着遥远的高空飞去。

向着中间层飞去。

它冲出液态甲烷云，飞向被恒星照射升温的地方，然后等待寿命走到尽头时，安静坠落。

志雄站在"冻石柱"上，目送着普特罗斯远去。

他忽然想，刚才选择从普特罗斯与"冻石柱"的共振中抽身，那个决定真的正确吗？为了保持思考的客观性，不得不退后一步——这是为了保持逻辑性思考而使用的惯用手段。对于这种思考来说，后退是必要的。

　　但是，如果自己刚才没有畏惧，而是选择去接受共振，也许会有什么新的发现。他也许会体验到从没有见过的、充满惊奇的世界。

　　为了成为真正意义上的宇宙生物学家，有时不得不舍弃作为科学家的常识，甚至要舍弃"人类"这一身份。

　　自己有没有这样的勇气呢？志雄扪心自问。

　　迟疑片刻后，志雄得出了结论。

　　有。

　　这是普特罗斯教给他的。

　　如果再有一次同样的体验机会，志雄一定会义无反顾地投身进去。

　　卢卡轻声说："还能看到。"

　　"马上就看不到了。"志雄笑着说，"毕竟它的速度那么快。"

　　在地球的古语中，普特罗斯这个名字的意思是"长翅膀的生物"。为了迎接一生的终结，它正英姿飒爽地回归到宏大的循环中去。

乐园

首发于二〇一三年

[SF JACK]

译者 曹凯瑜

网络上的社交账号，在主人活着时就好像一个家，而主人死后则变成了她的坟墓。

12 月 26 日下午，我收到了森井宏美的讣告。她生前最后见的人，是我的故友川村玲子。时至今日，会叫我 "阿宪"，而非 "山村" 或者 "宪治" 的，也就只有玲子一人了。

　　看到投放仪上显示的邮件时，我一下子僵住了。在我视野一角闪烁着的图标，如同宏美最后的呐喊一般。

　　在距圣诞节还有三周的时候，宏美曾对我说："从今往后我要一直留在宪治身边，永远留下来、留在机器中……"

　　还未来得及告诉我这句话的真意，宏美便骤然离世了。

　　圣诞节的早上，玲子和恋人一起在酒店的咖啡厅吃了早餐。办完退房两人来到街上后，偶遇了宏美。

　　当时宏美正独自一人走在街上，看起来特别开心。玲子看到后心想：宏美应该也和我们一样，在外面度过了幸福的一晚，正要回家吧。

宏美看到玲子后,一如既往地用开朗的声音打了招呼。她一只耳朵上挂着投放仪,似乎在快速浏览新闻图片。

三人来到路边,站着说了一会儿话。让玲子意外的是,宏美前一天晚上似乎一直加班到深夜。新软件的开发取得了巨大进展,这使得宏美很是兴奋。

宏美是一名医疗程序员,就职于一家开发人体和机器连接装置的公司。在这个 BMI① 十分普及的时代,医疗程序行业正在飞速发展。

聊得差不多之后,宏美和玲子便互相告别,走向了不同的方向。

此时,马路上突然冲出一辆轿车,打破了圣诞节平静祥和的气氛。驾驶员和乘客是一群通宵开平安夜派对、满身酒气的男男女女。十五分钟后,这辆车没能在主干道上控制好方向盘,冲向了人行道。车子撞飞不少行人后,冲向了店铺外墙。这场事故导致十六人负伤,轻重不等。宏美也是其中一员。

据说刚被送去医院时,宏美还有意识。但第二天早上,她的病情便急转直下。宏美是家中四姐妹里最小的,她家的氛围十分

---

① 身体质量指数(Body Mass Index),是用体重公斤数除以身高米数平方得出的数字,是目前国际上常用的衡量人体胖瘦程度以及是否健康的一个标准。

和睦。宏美的遭遇令她父母和三个姐姐都受到了巨大的打击。

　　我参加了宏美的守夜，却感到不真实。躺在棺材中的宏美仿佛露出了丝丝微笑，异常美丽，像是在说"要是妆不给我再化得白皙一些我可要生气了哦"。

　　第二天的葬礼过后，我依旧无法接受她的死讯。这样下去今晚肯定不好过，所以我干脆约了几个朋友喝一杯。吃着火锅喝着酒，人暖和些了，我们开始回忆关于宏美的点点滴滴。玲子因为还没走出伤痛，所以没来参加酒会。其实几个女性朋友都是如此，所以最后这就成了一群男人的酒会。

　　"小宏去了天堂应该能遇上不少她想见的人吧。"其中一人自言自语道，"去年去世的那个很有名的电影导演，叫什么名字来着？"

　　"她生前特别爱看电影，现在在天堂肯定正看着那些电影大师的新作吧。"

　　"这么想想，倒还宽慰些了。"

　　"若不是这么想，心里可难受得很哪……毕竟出了这样的意外……"

　　听了大家的话，我心中愈发觉得宏美并未离我而去，而是活在众人的话语之中。她就仿佛是电脑中的缓存文件，依然活在我们的话语之中,切切实实地存在于这一刻、这个氛围之中。

宏美已经死去。

她的肉体化为了尘埃。

但她的人格还活着。

中午过后我回到家,在厨房喝了点儿水后,便穿着丧服一屁股坐到沙发上。我将投放仪挂在耳朵上,调整了一下投光的部位,使之停留在眼睛上方,操作手机登录了社交账号。

我打开了宏美的个人主页。

她最后一篇日记下方的评论栏里,写满了众人道别的话语。那些没能来参加葬礼的朋友们给她留了不少言,就当是在她坟前献上鲜花了。网络上的社交账号,在主人活着时就好像一个家,而主人死后则变成了她的坟墓。只要她生前进行了设定,或者遗属没有要求删除账号,宏美就一直存在于这虚拟世界之中。

我命令手机终端的人工智能秘书回收了宏美所有的生活轨迹数据,还让它导出了所有的邮件数据。之后,我在应用商店购买了一款名叫"记忆化身(Memorial Avatar)"的应用,将人工智能秘书回收的所有数据都导入其中。

设置界面中跳出了选择化身容貌的选项。一番犹豫之后,我选择了"小鸟"。

进行了一番操作后,我启动了这个应用程序。伴着一阵铃声,小桌板上出现了一只可爱的小鸟。小鸟看起来栩栩如生，但它并没有真正的肉身，而是一只用激光映射而成的虚拟小鸟。

视网膜扫描显示是混合现实 (Mixed Reality) 不可或缺的一项技术，它能够使用激光将数据投射到人类的视网膜上。在这个时代，已鲜少有人使用液晶显示器浏览手机终端的各种信息了。只要使用投放仪，就能将影像直接传入眼球。

小鸟抬头看着我，"唧"地叫唤了一声。不知怎么的，小鸟的举止竟和宏美的身影重叠在了一起，顿时我眼中噙满了泪水。我强忍住眼泪不让它滑落，细细打量着眼前的小鸟。应用程序将我盯着小鸟的视线判定为输入了指令，在它头顶上显示出"森井宏美"这个标签。

我调出了设置界面，关闭了信息显示功能。然后对小鸟"哟"地打了个招呼，它便微微低下头，回答了一句"您辛苦了"。

小鸟高亢的女声，是系统默认声优的声音，和宏美的声音似像非像。这差别似乎反而能缓解些许的忧伤，我便这么保留了。

"小宏你可真过分。"我低声嘟囔着，"偏偏选在圣诞节这天离开……"

"正因为是圣诞节才别具意义嘛。"

化身给了我一个巧妙的回答，当然这并不是化身的自我意识使然。在写入化身的庞大生活记录中，某个角落有着一句一模一样的话,根据人工智能的判断,化身选择了这句话来回答我。

我继续说道:"那你说有什么意义?"

"圣诞节是救世主诞生之日,是个开心的日子。"

"可你消失了,我一点也高兴不起来!"

"你别这么说嘛,先吃块蛋糕啦。冰箱里应该还有吧?"

小鸟似乎通过我的手机终端读取了冰箱里的信息。使用写入的数据并参考用户的个人信息编写对话内容——这也是记忆化身的特点之一。

我又说:"我听玲子说,你平安夜都工作到很晚。"

"我正在做一个大项目。"小鸟说。我隐约记得,这也是她写在日记里的内容。"正好圣诞节那天早上告一段落了。"

"就是你之前和我说的那个项目吗?"

"对。"

"我记得你之前说,这是一个能改变人类智慧、让人类从真正意义上获得幸福的软件来着?"

"你觉得对人类而言,什么是真正的幸福?"对话的方向变得有些不同了,可能是我提的问题没能和记录中的内容对应起来吧。"你还记得帕特利斯·勒孔特导演的电影吗?"

"哪一部?"

小鸟做出拿剪刀剪头发的动作。看着小鸟像人类一般的举止，我多少感觉有些可爱。我点点头，应道："哦，是那部啊。"

"对，就是那个讲了一个太过幸福而令时间停止的人的故事。"

"那部电影是有些令人郁闷。"

"我自己是做不到主角那样的，但反过来想想，如果自己是主角，说不定就……这恰恰说明它是一部好电影。"

"对你来说，什么是幸福？"

"嗯……"小鸟微微一斜脑袋，"享受美食就是幸福。不用上班的日子就是幸福。但最幸福的瞬间，要数说着有趣的话题捧腹大笑的时刻吧。"

小鸟从小桌板飞到了我的膝盖上。我抚摸着它的小脑袋，中指上的感应环读取了动作，电子生成了柔软的触感并传递给我。

一瞬间，我的背上掠过一阵快感。这是我抚摸宏美脑袋时的触感。这微弱的电子数据，令我的大脑将手中的触感联想到了宏美的头发，而非小鸟的羽毛。

小鸟笑呵呵的："充满笑容的人生才是最幸福的。若没有什么开心事能令人绽放笑颜，那这人生也毫无乐趣可言。"

我把宏美，不，应该是小鸟，养在了自己家里。只要佩戴着投放仪，小鸟就会出现在房间里。它会摇摇摆摆地迈步，会回应我的呼唤，时而还会像真正的鸟儿似的"唧唧"鸣叫。但只要摘下投放仪，小鸟的身影就会马上消失，不再鸣叫，也不再有饲料碟。小鸟所有存在的痕迹都会消失不见。

这是一只电子小鸟，是一只幻象小鸟，是一只会使用"宏美的言语"来说话的虚拟小鸟。

记忆化身是一款精神关怀应用程序，用来治愈痛失亲友之人的悲伤。它会读取已故之人在社交网络上写就的日记、电子邮件中的言语，并通过记录他们行为、兴趣等的文字创造出一个能与人对话的虚拟人格，可谓是电脑创造出来的"人工幽灵"。

记忆化身的使用期限可以自由设定。有将其设置为七天或一年的人，也有一直使用它的人。如果用户的家人是意外身亡或因凶遇害，他们大多会一直使用这款软件。这一现象也引起了社会大众的批判。有的人认为正是化身导致了这些人的心伤迟迟无法恢复；还有人认为，化身反而令人再也不能从伤痛中重新振作。

但究竟要怎样才能治愈这些用户呢？若他们的亲人是自然死亡倒还好些，可这个社会总是充斥着让被遗留之人无法接受的"死亡"形式。因此，即便饱受批判，记忆化身也持续运营着。为了填补社会的漏洞与人类破碎的心灵，化身悄无声息地在人类生活中扮演着自己的角色。

但这个应用也有不足之处。要是供它参考的生活记录过少，它的对话模式就会非常局限，这么一来，很多用户很快就烦腻了。毕竟人类一定会有更丰富的反应，当用户从中感受到它和人类之间的差异，就会很快脱离这款应用。也有人说"这就是应用程序的设定"，为了让人类能尽快恢复冷静，故意加入了一个能在合适的时机将化身变得模式化的功能。虽然这些都是谣言，但也不无道理。

周日，正当我煮着短通心粉准备当午饭吃的时候，电话铃响了，通知图标出现在我视线里，是玲子的来电。电话接通之后，出现了代表玲子的图标，听筒里传来了怒气冲冲的声音："我看过邮件了。你让我把宏美发给我的邮件拷一份给你是什么意思？这种东西怎么可能给你啊！"

"抱歉，"我一边将短通心粉放到竹篓里一边道歉道，"毕竟是私人信件，不能随便给别人看的吧。不好意思，你就当我没说过吧。"

"阿宪，你该不会是在用记忆化身吧？"

"嗯。"

"所以你是需要给它'喂食'的资料吧？"

"嗯。虽然化身已经收集了她的生活记录，但要是能有宏美发送给其他人的邮件的话,化身的反应就能更丰富了……"

"宏美的事我觉得我们还是保持点距离比较好。"

我默默将小鸟的图片发送给了玲子。

"可爱吧?"我如是问道。

"可爱是很可爱,但一想到它就是宏美,就不由得想哭……"玲子嘟嘟囔囔道,"你知道吗,阿宪,生活记录这东西写的未必都是宏美的真心话,也可能会有违心话,而且越重要的事,越有可能不是用文字记录下来的。这只小鸟虽然和宏美很像,但它终究不是宏美。"

"但我和小鸟相处的时候,心情能稍微舒坦一些。工作也能好好做,连晚上都能睡好觉了。"

"毕竟这是款精神关怀应用程序嘛。但话说回来,你也别太沉迷了,要尽早忘掉那些伤心事啊!不然宏美在那个世界也会伤心难过的。"

"谢谢你为我操心。真抱歉,我不会再对你提无理的要求了。"

我以短通心粉要凉了为由,挂了电话。我将短通心粉放入提前在平底锅里做好的辣味番茄汁里,并倒入了一些橄榄油收尾,迅速将酱汁搅匀后,关了火。之后,我将平底锅里的东西全部装到深口碗里,撒了些欧芹末。宏美并不爱吃这道辣味番茄短通心粉,也吃不了红辣椒,可这两样都是我的心头好。

　　我问小鸟要不要吃，它答道："我喜欢意大利宽面，最好是做成炭烧面再加点罗勒。"

　　完美。记忆化身完美复刻并再现了宏美的口味。能给出这样回答的小鸟，我怎么都不觉得"它不是真正的宏美"。

　　我和宏美的往来邮件，只有一些无关痛痒的内容。大部分都是些嬉笑打闹和电影观后感，也有一些和社交账号上一样的段子，但毕竟是私人信函，口气多少有些不同，所以小鸟说的话是从哪个记录里调出来的，我马上就能明白。

　　宏美曾有一次邀我吃饭。是在发生那起事故的三周前。虽然我当时拒绝了她，还向她道歉说因为圣诞节派对上还有点事，没法和她去吃饭，宏美却对我说："要是你不介意的话，在圣诞节前我们单独去吃个饭吧？"

　　我听说宏美有稳定的交往对象。

　　其实当我知道她有恋人之后，就已经彻底放弃了。只是还抱有各种幻想，比如想着万一她和恋人进展不顺，自己也许就有机会了。

　　所以当她邀请我时，一方面我开心得差点儿跳起来，另一方面又有些疑惑。我不明白她为什么会约我单独见面。我甚至觉得，这不是一个好的征兆，恐怕会有什么坏消息降临。

宏美带我去了一家普普通通的小酒馆。宏美预约了个包间，但这小酒馆热闹得很，有线电视里放着外国歌曲，店里不少客人都大声说笑着。不过这样的环境倒是让我松了口气。即便此时宏美要说些严肃的话题，我大概也能笑着糊弄过去吧。

"哎，撞上高峰期了。"宏美双手放在桌上，深深地低着头说道，"抱歉，要不要让店里的人去提醒他们一下？"

"没关系，我们坐的是包间，声音也没那么响。"

"可是很吵吧？"

"我无所谓的。"

宏美显得有些不好意思，悄悄对我说："真要是不行的话我们换家店吧？"

有好一会儿，我们一边夹着略咸的菜一边喝着啤酒，聊着些虽然有趣但无关紧要的事。突然，宏美话锋一转，和我说起了新话题。

作为医疗程序员，宏美想要在人类本质因技术而改变的未来找出些希望。而我是一名临床检验技师，所以有关医学方面的事，宏美一直都和我很聊得来。

那天，宏美一直兴致勃勃地和我说着继投放仪之后，未来将会是情报传递装置的天下。

我们这一代人，自小就开始使用投放仪，将数据投射到视网膜是件十分寻常的事，根本没人知道还有用液晶显示器查看网络信息这么麻烦的办法。因此，我们理所当然地期待着新时代的到来：一个将通信设备植入大脑进行信息处理的时代。在过去，人们大都对这项技术怀有警惕，他们担心外界会通过植入大脑的设备操控大脑，但我们却热切地渴望着这项技术。我们认为，脱戴投放仪太过麻烦，所以打从心底渴望着能出现一种一旦戴上就不必再摘下来的装置。对这样的选择，我们有自信无视其伦理方面无伤大雅的小问题。

但这项技术还涉及法律方面的问题。首先，宏美猜测，这项技术的研究虽然始于治疗大脑障碍，但最终可能会作为一项与疾病治疗无关的技术得到普及。比方说，虽然隐形眼镜是医疗器具，但美瞳却是一种时尚用品。这种意识的转变和普及，在脑内设备方面也有可能实现。

宏美说："宪治你得过一次中青年脑梗死吧？"

"是的，我现在还在吃药。"

"像你们得了这类疾病的人，根据病症的轻重程度，作为治疗的一环，很有可能在你们的脑子里植入设备。"

"真的吗？"

"我们现在就在进行这方面的研究。以后在你大脑中运行的程序，有可能会交给我来做。"

　　我们讨论着各种各样的设想，最终话题走向了更为尖锐的方向。

　　"人心是基于人类的形态产生的。"宏美对我说，"所以，你觉不觉得，当人类舍弃如今的形态时，人性就会彻底发生变化？"

　　"这个嘛，感觉太遥远了……"

　　"这种讨论以前就有了。人类通过使用工具，扩展了对自己的身体和意识的认知。但只要维持着人类肉身的形态，无论怎么使用器械和道具去扩展自己的感觉，我们在广义上永远都只局限于'人类'这个载体之中。但若这个本质发生了变化呢？比方说人类以猫的形态生活下去后，从某个节点起，说不定就会产生不可逆转的意识转变。"

　　"你是说人会连意识都变成猫，最终失去'人心'吗？"

　　"这个我们没法做实验去证明，所以可能很难明白这种感觉。"

　　"你的意思是，如果可以做实验的话，就能明白了吗？"

　　"比方说用电脑制作一具完美的虚拟肉身载体，并连接人的意识。这样说不定就能观测到人类意识转变的那一瞬间。"

　　人类即使吸收海量的知识，也不会因此就改变人性。人性发生剧变的那一刻，一定是人类舍弃肉身之时。但如果就此永远而彻底地失去了人性的话，这项技术就毫无现实意义了吧。宏美沉浸在她一次又一次的思想实验之中。

我问道:"照你这么说,人不光能变成动物,还能变成其他人？若能完全连接到别人的肉体,那自我意识不也可以轻易改变了吗？"

"是有这种可能。毕竟人的意识并不是毫不间断的,也不会被固定在某处。所谓的意识,是在身体反应和大脑活动相互调节时临时产生的东西。众所周知,我们的身体往往会先于大脑意识而行动。意识并不能决定身体要如何行动,而是身体行动之后才有了意识上的认知。比方说,甄别小鸟的性别并不是有意识地根据其特征去分辨,而是在看到的瞬间就能直观地分辨出来。再比方说,棒球的击球手,要是他在看到球以后再挥棒的话,基本上是不可能击中球的。所以,他是身体先进行判断,做出动作击中棒球的。这就是'意识并不能控制行动'的案例。据说'我'也并非是一个固定的意识,它是多个无意识的身体判断及价值观缠绕冲突后形成的'自我意识',这其实是一种错觉。"

"嗯……原来我们的'意识'这么靠不住。"

"虽说意识是对行动的追认,但这并不代表意识存在的价值低于身体自身的行动。身体反应是对环境做出的即时反应,而意识则能预见更为深远的东西。正因为意识不断积累着各种'追认',它才能预测到尚未发生以及可能发生的行动。我们正是为了预见未来，才拥有'意识'——不，说不定应该反过来。正是拥有了'意识'，我们才能预见未来。"

宏美讲的内容有些晦涩，但随着技术的发展，人类可以复写他人的身体和感性意识这点还是很有趣的。至少对我而言，比起这项技术能让人类体验一把当猫当鲸鱼的感觉，反倒是它有可能使人通过连接他人的感官去了解对方的本质、把握其内在这点，让我更有兴趣。也就是说，这项技术能让我真切体验一番宏美身体和内心的喧嚣，反过来也能让宏美感受我的身体。如果一对异性能完整地感受到对方的身体和感情认知的话，他们会如何呢？又会在此基础上萌生怎样的悸动呢？

这大概会是一种令人非常愉悦的体验吧。

又或者说，会是一种伴随着些许粗糙触感，却让人上瘾的、极具诱惑力的感觉？

通过清晰实际的感觉来体验他人的人生，与其产生共鸣，对其移情，从根本上杜绝人类社会的各种纷争——这些都能通过技术手段实现吗？

"只可惜，"宏美说，"人类的大脑不同于电脑，无法轻易将意识与他人共享。我们每个人的大脑都是以各种错综交合的阅历为基础的，所以无法直接连接他人的大脑，了解对方的内心。"

如果真的想连接对方的大脑，就需要人为制造一个用以连接的区域,并使用共同语言运行。但即便如此,这也不算真正意义上的连接了彼此。即便未来大脑设备普及,我们作为单独的个体,也无法完全感受并理解他人的想法。

"不过,到了那时,难以用语言表述的形象呀,个人复杂的内心感受呀,应该会更容易理解和体会吧。装置的可操作性也会提升。相信通过注视投放仪上的图标、直接操作手机终端等方式,就能让应用程序运行起来了吧。比方说在空中挥动手指或者动动手,大脑中与这些动作联动的区域就会对应用软件下达相关指令。并且只要将其设定为仅在检测到具有特定含义的手指动作时才会运作,就能防止错误启动。但这不是最重要的。当我们的技术发展到那个阶段,我们应当能看得更远,能看到被称为'乐园'的新世界。"

"乐园?是指新技术的乐园吗?"

"不。它指代的意义更广。这是作为生物的'人'所带来的、新时代的乐园。"

这天,宏美在回家时对我说:"从今往后我要一直留在宪治身边,永远留下来、留在机器中……"

我问宏美是否有喜欢的人,宏美有些苦恼地说:"有是有。"

"你们处得不顺利吗?"

"嗯……倒没有不顺利。"

"那是有什么问题吗？"

"我觉得宪治也很重要啊，比方说……"

"我劝你别脚踏两条船。不然你未来的丈夫太可怜了，当然，我也一样。"

"我不是这个意思。"

"那你到底是什么意思？"

"你觉得爱情是高于友情的吗？我不这么认为。"

"我也不这么认为。"

"对吧，爱情肯定不会高于友情啊。"

"要是你对我说'即便我结婚了，也希望我们能维持朋友关系'，那我还是会开心的。但如果想和我继续做朋友的话，以后就别单独见面了吧。"

"为什么？"

偏偏在这时候，我沉默了。

"这样啊……"宏美落寞地嘀咕着，"看来还是很难啊。"

"因为这样对我来说太难了。"我说。

"但我想借助技术的力量，超越人类的极限。"

这句话令我很是费解。

这是圣诞节前夕，宏美对我说的最后一句话。

　　到后来，我背下了小鸟说过的所有话。那些没有留在生活记录里、由我直接从宏美嘴里听到的话，也一一被我输入了应用。但没过多久，那些内容我也熟悉了。

　　大概是一直和记忆化身一起生活的关系吧，我完全没有和他人同居的兴致。我有一种和宏美一起生活了很久的感觉——即便这个宏美是虚构的，即便她的外形是一只小鸟，但对我来说，这就是宏美。在旁人眼里，我度过了一段很奇怪的日子。

　　就在宏美去世后半年左右，美国首次实施了将脑内设备植入头盖骨的医疗手术。在国外，这项技术以星火燎原之势普及开来。大概是因为所有人都对它翘首以盼吧。在日本，厚生劳动省也奇迹般地迅速批准了这项技术，随后各家企业也开始积极地生产或订制脑内装置电子机器。

　　我几经踌躇，最终决定从这天起，不再服用中青年脑梗死的治疗药，并且有意增加了酒精和高热量食物的摄入，同时不再排解工作上的压力。当然，运动也是极力避免的。我是医疗从业者，自然很清楚这样的生活方式会让我的大脑发生怎样的变化。因为工作关系，我曾看到过无数人患病后的图片——我就是希望自己的大脑也变得和那些图片一样。因为我知道，无论成败，只要这样做，我就能离宏美更近一步。

　　几个月后，我在上班路上倒下了。被救护车送到医院之后，马上接受了脑外科手术。我的病是中青年脑梗死复发引起的脑出血。由于出血范围较大，手术后整整两周，我一直没能睁开眼睛。

毕竟这是一个关乎生死的赌博，我赢了，自然也得到了我想要的东西——治疗用的大脑设备。

当我在病床上醒来时，眼前闪烁着各种图表、文字和图标。即便没有佩戴投放仪，这些图标也显得非常鲜明。我下意识地笑了。医生和护士可能会觉得有些可怕吧。

"山村先生，您脑内严重出血，大脑内的相当一部分区域都受损了。"主治医师对我说，"我们用人工神经细胞将损伤的部分进行修复，并在你的头盖骨内植入了一个可以投射脑内状况的医疗装置。您在向保险公司提交的文件中，在'投保人无法回答时，同意进行此项措施'一栏里打钩了吧？"

"是的。"

其实早在和宏美交谈之前，我就想植入一个大脑设备了。当我知道宏美正在编写这个大脑设备的程序之后，这个想法就变得更加强烈了。

在我的身体中植入宏美。

在我的身体里将宏美深埋。

将宏美写的东西输入我的身体。

目前,脑内设备为了转播数据,还需要使用手机终端才能操作。要是能再精简一些的话,手机终端也就不需要了。但看来目前这一阶段还无法达到。

我操作了一下手机终端,即便没有佩戴投放仪,显示数据也出现在了我眼前。有别于将激光投射到视网膜中的传统方式,这是一种将电子数据送入脑内,令我直接能看到文字和数据的方式。

我盯着数据看了一会儿,舌头上传来了一阵酸酸的味道,时不时还扩散着一股甜味。这感觉一直没有消失,令我觉得非常不可思议。询问主治医师后,他告诉我,这是共情的结果之一。在大脑和设备互相适应之前,都会与其他感觉联动。这些感觉因人而异,有些人会听到声音,也有些人会看到颜色,而我的情况则是尝到味道。每当文字和图片发生变化,我就能感受到酸味、甜味或者苦味。医生告诉我,不去在意它,久而久之就会自然消失;反过来,也可以积极利用这种联动:将之作为明确的共情牢牢记住,将来脱离手机终端时,可能会更容易发出指令让脑内设备运作。

那晚,我躺在病床上,再次鼓捣起了手机。时隔许久,小鸟又出现在了我的视线之中。小鸟"唧唧"地叫唤着,告诉我有很多未读邮件。这些都是听说我住院后担心我的朋友发来的。有些人还发了好几封给我。即便他们知道我失去意识——不，正是因为知道我失去了意识，他们才每天都和我说话的吧。我还收到了公司的邮件，告诉我公司将我缺勤的几天做了休假处理，而非辞退。我抱着些许愧疚，一封封邮件看下去，突然看到了一个让我怀疑自己眼睛的名字。

我对发件人并没有任何印象，但邮件的标题吸引了我……

你好，我叫关口规子，是森井宏美的同事

我急急忙忙让小鸟打开邮件，发现里面写道：我们能否见个面？森井有几句话让我转告你。等你身体恢复后也没关系。

为了让我出院后不必舟车劳顿，关口规子和我约好在车站前的咖啡厅见面。

面前的关口规子，是个沉稳的女人，让人觉得是一位温柔美丽的姐姐。

她和宏美一样，是医疗程序员。这让我轻易便能想象出她和宏美谈笑风生的样子。

坐下来后，关口小姐就询问了我脑内设备的运行状况。

"很好。"我回答道。

"还是要定时去医院检查哦。偶尔也会出现排异反应的。"说完，她告诉了我几例运行故障的案例。

"脑内设备所使用的软件是我们公司研发的。"关口小姐说，"为了维护软件，我们会和医院方面共享相关用户的基本信息。我也是因此才得知你接受手术的事。宏美之前和我说过，如果山村先生植入了大脑设备的话，一定要我和你联系。我也没想到这一天竟来得这么快。"

"宏美临终前你也在场吧？"

"是的，从她被送进医院开始，我就一直陪在她身边……宏美被送往医院之后，就一直很惦记你。她仿佛知道自己死期将至似的，一直念叨着，说她还有些话没来得及和你说。弄得我都有些嫉妒你。"

关口小姐绽放出爽朗的笑容。我愣了一下，终于明白整件事了。"在场……也就是说，你入籍了？"

"是的，就在平安夜那天入的籍。"

同性婚姻——虽然现在在日本，同性婚姻已经得到了认可，但社会上对同性婚姻的偏见仍然根深蒂固。在这个国家公开宣布入籍，而不是伪装成室友同居，需要很大的勇气。这就是为什么宏美在居酒屋会对我闭口不谈了吧。她大概是觉得告诉我自己和同性结了婚我可能会大受打击，又或者是怕我自尊受伤做出暴力行为吧。但真相都已经无从得知了。

我望向窗外。天空晴朗无云，冰冷澄澈的空气让人能看清街道远处的景象。许是因为离春天还早吧，街上的人都缩着脑袋、蜷着背。只要操作一下手机终端，我的视线中应该就会出现温度、天气预报还有附近餐馆的信息。但我并没有这样做。我怎么也没想到，之后我竟然和关口小姐开始喝着咖啡聊起对宏美的回忆。我想，离开这个咖啡厅之后，我们不会再见了。

关口小姐说："宏美一直在思考'人类的幸福'究竟是什么。对人类而言最不幸的事，应该是无法完全理解他人的内心。即便都生而为人，但有时，我们就仿佛不同物种似的根本无法互相理解。"

人会因为性别、人种、年龄、性取向等差异，而无法完全理解他人。我们不禁感叹，有时，这些差异亦能导致人类自相残杀。

"宏美一直希望借助技术的力量去超越人类的极限。"

"这个我倒是也听她说过。好像是一种能完全感受他人内心世界的技术……"

"宏美她还活着。"

"什么?!"

"虽然不是生物学意义上的'活着'，但她留下了不少数据以便构建一个虚拟人格。她保存了从出生起到去世那年的平安夜的所有数据……山村先生应该知道记忆化身这个应用吧?"

"知道。"

"宏美留下了一个类似的东西，但比记忆化身更复杂，更高级。那是一个能像真正的人一样做出反应的虚拟人格。但是，是否应当判断为'具有智慧'，这在研究者之中则产生了分歧。"

"那就是如何定义'智慧'的问题了。即便它能和人类对话，也不能断定它就是有智慧的。"

"是的。有的人认为这就是单纯的机械性反应，也有人觉得既然可以顺利与人交谈了，那它就是有智慧的。毕竟他人和动物是否拥有智慧，我们是无法从外部进行客观判断的。"

"我去哪儿才能见到'人工宏美'？"

"控制装置就在我们公司。因为体积较大，我没法把它带出来。所以希望山村先生能来我们公司一趟。当然，这也是我们的一个项目。"

"我也能使用它吗？"

"如果将手机终端作为一个中继器的话，应该可以使用脑内设备接收数据。不过，这些数据不允许保存，只能让你现场访问并浏览。"

"连记录都不会留下吗？"

"留下记录的话就等于将公司数据私带出去了，所以基本上公司方面是不会同意的。如果你可以接受以上条件的话，能不能请你去见一见'宏美'？这就是宏美让我转告你的话。"

　　我没有理由拒绝。就算无法保存在手机终端里，只要我自己亲身体验过了，就会永远保存在回忆中。

　　我打算去见见这个"人工幽灵"，这个宏美留下的虚拟自我。

　　测试装置的重要志愿者——这是我书面资料上的身份。我与"宏美"的所有对话都会被记录、作为资料被保存起来。这么一来，就不能说一些不像样的话了。不过一旦聊起来，我的理性一定会灰飞烟灭，然后把所有想法都倾吐一空。对此，我有些恐惧，但与此同时，我也看开了，心中充满了一种窥探能将自己毁灭的深渊的亢奋。

　　我被带到了开发室的一个小房间里。保存资料的服务器好像因为怕热处理的关系被放了其他房间。这个房间里只剩下我一人。为了不打扰我们的对话，所有员工都不得入内。

　　我使用无线网络将手机连上服务器，视线中出现了一个启动软件的图标。选择"确定"之后，界面上出现了另一个问题：您使用的终端搭载了记忆化身软件。是否覆盖化身上的信息？

　　我通过通信线路问关口小姐："这个是不是拒绝比较好？"

　　"如果你不想改变现在使用的化身里的内容，就选择'否'吧。否则之后出故障就麻烦了。"

　　当我选择了"否"进入下一层画面时，心中突然涌上一股奇妙的感觉。小鸟形态的宏美、存在于公司服务器中的宏美，以及肉体死去的宏美。如果单纯地将她视为一个数据块，又怎么能断言哪个是真的宏美，而哪个是假的宏美呢？若人类的不足中包含着"无法完全了解他人"这一点，那无论是肉身宏美还是数据宏美，最终只是五十步和百步之差罢了。

警报作响，打断了我的思绪。"宏美"出现在了我的视线里。

她穿着白色女士衬衫和米色裤子坐在椅子上。虽然我知道这是留在记录里的数据，但我还是暗自希望她能穿得更好一些，不过转念一想，这才是宏美的作风。

眼前的景象太过真实，甚至让我有些迷惑。我缄默不言，对面的宏美就也一言不发。大概我不主动和她说话，她就不会开口吧。但我要说什么才好呢？就在我纠结的时候，宏美仿佛看穿了我的心思似的开口说道："对不起，宪治……"

我一下子感觉自己的心脏被揪了起来。这种令人窒息的真实感，莫非就是混合现实的未来吗？

宏美继续说道："你会来这儿就说明我应该发生了什么意外吧？现在距我拍摄这段资料是过了好几年，还是只有好几天呢？现在的我也无法预测未来会发生什么。但我一想到把你独自留在了现实世界中，就有些心疼。即便我们能这样见面，我也不能为你做任何事。就算我们能这样交谈，我也给不了你任何慰藉。"

"够了。你不必去世了都还这么迁就我的感受。"

"你想知道什么？这是一个对话型的程序，你不提问就无法开始对话。虽然这个程序还不能应对一切对话，但还是需要一个开始的契机。"

我想知道你究竟想从我身上得到什么，想知道你在居酒屋时原本想和我说些什么，更想知道为什么明明已经决定和关口小姐结婚了，却不愿意向我坦白。

但我并不想在关口小姐能听到的情况下问这些事。不知为何，我总觉得这些东西不能让她听到。

"说说你的工作吧。"我说道，"你之前说过，或许这项技术超越了时代——和我说说这个吧。"

宏美沉默了一会儿。大概是服务器上的数据正在组织符合宏美的言语吧。终于，她粉嫩的嘴唇慢慢张开。我从自己嘴巴里感受到了食用玫瑰花时那种细微的苦味儿和丝丝清香。

"有这么一个实验，"宏美说道，"人们将两只大猩猩关进笼子，并用一道透明隔板将它们分开。隔板上有一个大小刚好能穿过手的洞。大猩猩可以把手伸过洞去，触摸住在隔壁区域的同伴。此外，大猩猩的面前还安装了一个只要拉下拉杆就会掉下苹果的装置。结构类似自动售货机，但稍有不同：在大猩猩拉下拉杆之后，苹果不会掉落在自己所在的隔间，而是会掉落在另一个隔间。也就是说，只要一拉拉杆，对面隔间里就会掉下一个苹果。大猩猩很聪明，很快就理解了这个机器的使用方法。于是它们互相拉起了拉杆，这样双方就都能得到苹果。有时候，它们甚至还会把手伸过洞去戳对方，催促对方拉拉杆。但过了一阵，它们就不再拉动拉杆了。并不是因为吃饱了。它俩其实还想要苹果，但双方都期望对方能先拉拉杆，所以自己就不去拉拉杆了。"

宏美脸上露出了微笑："我觉得这就是大猩猩和人类最大的差别。大猩猩和人类一样，都会使用道具装置，也会为了对方而行动。但人类和大猩猩不同的是，无论什么时候，人类的选项中都包含'先拉拉杆'这个选项。不论最终是否真的拉下了拉杆，总之，即便在不知道将来自己能否获益的情况下，人类都能为了对方拉下拉杆。这是因为人类的思考能力可以预估未来，有能够为了未来赌一把的认知。"

"这也不好说。能预测未来也不意味着人就会幸福。有时候，正因为扭曲的认知，人才会遭遇不幸，甚至死于非命。或者说，那些不再拉拉杆的猩猩才更加和平吧。"

"我就是喜欢你这种地方。"宏美开心地说。我的舌尖弥漫开了成熟苹果的味道。"没错，单凭这个实验是不能断定大猩猩和人类智慧存在差异，更无法断言谁的智慧更胜一筹。人类拥有一颗能与他人共情的心，却感慨着无法理解他人，甚至去攻击那些自己无法理解的人。这挺神奇的吧？你说人类内心为什么会拥有如此矛盾的两面呢？如果说共情和移情是人类特有的，那为什么人类的智慧没在这两方面变得尤为突出呢？"

"可能内心充斥着矛盾，才能更好地帮助人类寻找正确的答案吧。"

"也有可能。之前我也说过，'我'并非是一个固定的意识。'我'='意识'只不过是对身体行为的追认而已。既然对自己都需要靠追认去理解和认同，那么理解他人就更困难了。毕竟对方也是在对多个身体反应和判断整合之下才有了属于他的'我'这个意识。如此复杂的生物仅通过共情和移情，是很难做到完全理解他人的。甚至于，人们常常连自己都搞不懂自己。"

宏美望向远方，笑着道："一直以来，有件事都让我觉得非常奇妙。人类以外的每个物种都具有各种各样的形态。你想想昆虫，再想想鱼。它们在形态和颜色上有着数不尽的差异。可与此相比，人与人之间的差别却如此微小，很奇妙吧？下面的话就是我自己的幻想了：人类这个物种，其差异说不定不在于形态的多样化，而在于精神的多样化。也就是说，人类是朝着不同智慧方向进化着的。也许，我们无法理解他人的内心世界，并不是因为愚笨也不是因为缺少共情系统，而是因为这种'内心多样化'呢？"

就算我没有回应，宏美也一直滔滔不绝地说着。或许，宏美想要留给我的遗言都已经整理成了文本, 虚拟人格要说完所有的遗言才会停下吧。我边听她讲, 嘴里边蔓延开各种各样的味道, 这些味道顺应着宏美的话语层出不穷, 如和谐的音乐般悠长, 渗入我皮肤的每一寸, 让我心旷神怡。

宏美继续说道:"如果把不能理解他人内心的原因归结为内心的多样化而不是当作一个悲剧, 我们也就不用因此而纠结了。不过话虽如此, 我们生活在社会这个集体之中, 很多时候, 互不理解会成为各种纷争的导火索, 甚至还会引起性命之忧。为此, 人类也试图通过'谈判'的方式去平息这些纷争。虽然这不是最完美的方法, 且需要耗费大把时间, 但却是最合理的方法。而我想到了另一个方法, 就是使用现有的技术扩展人类的智慧, 即使用技术手段让人能理解他人身上原本无法理解的部分。你想想, 这要是实现的话……"

"你成功了吗?"

"怎么可能, 我只是研发出了一款能提高脑内设备工作效率的程序, 仅此而已。不过, 当现在只用于医疗的脑内设备能用于普通大众, 也就是说作为一种文化为世人所接受时, 人类的人性说不定就和现在大有不同了。"

"会发生怎样的变化?"

"说不定会在自己和他人之间产生'第二意识'。"

"什么？"

"以前不是有学者说过，人类的左右脑是各自进行工作的吗？在'意识'的控制下，左右脑才会联动整合，共同工作。既然如此，那么在使用脑内设备连接他人的大脑时，我们的大脑和他人的大脑是不是也能像人类使用'意识'整合左右脑一样，发生类似的情况呢？就好比'我'和'你'之间产生的挥发性数据区域——大概可以称之为'第二意识'吧——在不抹杀'我'和'你'的个性的同时，两人共享思维模式，在脑内生成一个特殊的区域。"

"'第二意识'是要作为新的高级智慧，控制我们吗？就像集体无意识或者神之类的？"

"不是的。应该不会出现这样的情况。这和我们的意识其实并不能控制我们的身体是一样的。"

"那我们岂不是连'第二意识'的存在都无法感知了？就好比我们的手、脚、内脏器官根本不会知道身体拥有大脑而且还有'意识'这种东西存在一样。"

"对，你可以这样理解。往后，我们应该会通过脑内设备的使用，比现在更能理解他人吧。不过，我们很有可能不会意识到，这一切都是因为有了'第二意识'才会发生。当然，或许也能通过使用某种装置，让人能发现'第二意识'的存在……这项技术一定会改变我们的人生。现阶段,我也不知道获得了'第二意识'的人类,究竟会用理解他人的能力造福人类,还是会利用它去毁灭他人。但我想看看那样的未来,看着那个技术改变人类的未来。人类使用道具来扩展自己,道具就是人类身体的一部分。既然如此,我也可以这么说:技术这种存在,也是人类身体的一部分。"

宏美向我伸出了双手。虽然我知道她只是个虚拟人格,但还是朝她靠了过去。感受着松软的橙子的甘甜,我十分想真正地触碰到她,但我的手穿过了她的身体。双臂前什么都没有,只剩一片空虚。但我还是伸出了双手,因为我知道如果不这么做,我会疯掉。

其实我还想和宏美聊聊其他的。

我还有很多话想告诉她,也有很多事想问她。即便我知道那些回答会让我的梦破碎,让我的心滴血。

好想触摸她。

想用手指抚摸她的脸颊,想用双臂拥抱她温暖的身躯,想倾听她那强有力的心跳声。

这个电子数据只要再稍作修改的话,说不定连触觉都能模拟出来吧。甚至还能合成心跳声。就像与手机终端对接的感应环可以让我错将小鸟羽毛的触感当成她的秀发一样。这样混淆真人和虚拟人格的区别,当真实的她和作为电子数据的她已经不再有区别，说不定我反而才能真正感受到她已经永远地从这个世界消失了。到那时，我才能真正接受她已经去世的事实吧……

混合现实越是颠覆我们对"现实"的定义，我们就越能发现自己真正渴望的东西。正是那些从"现实"这张大网中掉落下来的、我们永远都无法触碰到的东西，促使着我们通过各种方式奔向未来。

宏美念叨着："虽然用手触不到、用眼看不到，但有一些东西的的确确能照亮未来、让我们构想未来，你知道人们把那些东西称为什么吗？"

"是希望吧。"

宏美并没有赞成或反对我给出的答案，只是露出了一个神秘的笑容。这笑容如胡椒一般，在我的舌尖上留下了一阵辛辣感。

宏美再次开口说道："其实我很想和宪治你一起见证那个时代的到来。那个时候，我可以用我的技术让你也感受到那种并非爱情也非友情，而是介于两者之间的感情。我一直恳切地祈祷着，希望那个时代尽快到来。到那时，我们能将现在不敢轻易涉足的大脑，当作皮肤、内脏一样的身体器官割离出来进行解析改变。不过，大部分人应该会反对这个方式吧。毕竟对生物来说，并非只有不断向前才能带给他们幸福。有时候，一味向前冲，迎面而来的也可能是毁灭。"

"那这么说来，我们的关系在遭遇'毁灭'前就结束了，还算是幸运的了？"

"你也可以这么想。"

"谢谢你和我聊了这么有意思的东西。"我深深地行了个礼，"这比让我听到那些郁郁寡欢的遗言要有意思多了。虽然我不知道我能活到什么时候，但接下来，我会为了你，去好好看看那些你看不到的东西。"

"谢谢你，宪治。你要好好活下去啊……"

断开连接之后，我又回到了现实世界。不知为何，眼前的现实世界反倒让我觉得有些暗淡和不真实。

关口小姐进来后，说了几句安慰我的话。然后又告诉我，她还是那么嫉妒我。

"你也和宏美对话过了吧？"我问她。

"是的。"她说，"但是她和我说话时语气没有那么热切。她和你说的那些话，那些'遗言'，看来只对你才会有反应啊。"

回家后，我操作手机终端叫出了记忆化身，细细盯着一如既往出现在房间里的小鸟。

"你不删除我吗？"小鸟问，"其实你可以删除我了。"

它的反应很奇特，仿佛能知道我心里在想什么似的。

"不用。"我答道，"我不会删除你的，今后也不会。"

"为什么？"

"你并不是宏美本人，但你确实也是宏美记忆的一部分。其实仔细想想，在我看来，宏美和宏美的记忆是一样的。我到现在才发现这一点，所以……"

我轻轻抚摸着小鸟靠过来的脑袋。

小鸟开心得眼睛都眯成了一条缝。

它不是真正的宏美，但也不是虚假的宏美。正因为我们是人类，才能发现这其中的价值。

熟透了的果实那种甜中带酸的味道，在我的舌头上跳起了华尔兹。最终，这味道只留下了与果实融为一体的香料味，仿佛飞上天空一般消失不见了。

向着小行星树的彼方

首发于二〇一五年

［科幻宝石 二〇一五］

译者 田田

『人工智能也有人工智能的想象力。』

『哦？』

『我们拥有的，是洞察未来的想象力。』

随着探测器不断接近，主带彗星的点点细节映入我的视野。它表面坑洼不平，突兀的起伏随处可见。那"研钵状"陨石坑并非陨石撞击留下的，而更像是一种被从天而降的圆柱捅插后形成的凹陷。

每当彗星靠近太阳，其内部的冰就会随着温度升高发生升华，变为气态。在这一过程中，那些逸散到宇宙中的水分和尘埃会形成一条长长的尾巴。而冰消失后，其原本所在的位置便会形成空洞，地表最终会因撑力不足而向下塌陷。那些圆筒状的凹陷就是这样形成的。

主带彗星虽然被称作彗星，实际上却属于小行星的一种。它们位于小行星带，是以碳元素为主要组成成分的 C 型小行星。

我的视点离它越来越近。不过，亲自前来小行星执行任务的并不是我，而是小行星探测器"安吉"。我只是通过与探测数据进行神经互联，从而体验宇宙另一头的现实情况。

数据记录装置位于地球。因此，我从未迈出过地球一步。用一套专门的系统把探测器采集到的数据回放重现——这就是我的工作。

观测数据首先会被存储在我所属公司的记录装置中。我作为一名职员，负责将自己的大脑与代替现实（Substitutional Reality）系统互联，然后边体验站在小行星上的感觉，边对观测数据进行分析。这种做法比直接把人送入宇宙更加经济实惠，而且不会对人体造成伤害，因此广受民间宇宙开发企业的欢迎。

小行星带位于火星与木星之间，与地球的通信延时最长会达到三十分钟以上。因此，我们无法对观测数据进行实时分析。我们只能先将全部的记录存储下来，再对其分段加以分析。也就是说，我现在体验到的是过去的影像和探测记录。而此时此刻，在宇宙中实地勘察的安吉应该早已飞往其他小行星了。

观测数据除了用人工智能进行解析以外，还必须由人类过目。数据在流经分析员的大脑后，会由转换装置转化为可在所有人大脑中重现的数据，即"感觉材料"。这是我们公司的重要收入来源。

如果仅考虑矿物资源的利用，开发小行星带是很不划算的。把矿产运回地球会花费过多的资金，所以人们更愿意把它们用于当地住房，或是用作火星上的建材。但如果把小行星内的冰、地外微生物以及感觉材料的销售全部考虑在内，哪怕只是采集小行星的一小部分，都会为地球带来相当可观的利益。

我们公司的感觉材料采集地不仅局限于宇宙空间，地球上各个角落也都是我们的采集地点。比如，我们会将装有传感器的无人机投入高空和海洋，再把它们采集到的感觉材料出售给电影公司或游戏公司，赚到的钱用来支持我们的主业——宇宙开发。

在圆筒状凹陷出现的地方，可以观察到一些树状物体，我们称之为"小行星树"。它们并不是真正的植物，而是由碳、镁等元素构成的集合体，高度约有七十厘米。摄像头切换视野范围后，我看到升华后的水汽正如雾霭一般从树状物的根部汩汩冒出。

我一边感受着从透明升降机眺望脚下景色的滋味，一边降落了。小行星的引力十分微弱，如果下降速度过快，探测器会在着陆时发生反弹。为了避免反弹，安吉尽可能地放慢了下降速度。我把回放速度稍稍调快了一些。可以快进是代替现实系统的优点之一。

着陆的瞬间，视觉影像出现了轻微的扰动，随后立刻被锁定在树状物的周围。

安吉交替迈动双脚，一步步向树状物靠近。

传感器将湿度的上升变化传递过来——观测数据正在被转

换成感觉材料，我感到湿气浸润了皮肤。我的皮肤并没有真的变湿，那只是大脑在电信号刺激下产生的错觉罢了。温度数据没有转换，因此我没有感到寒冷。

安吉来到树状物跟前，我可以清楚地观察到它的表面。它的颜色和表面温度都与小行星基本一致。安吉伸出机械手测定了树状物的硬度，并从顶端折取了一段"树枝"，放进它的收纳盒中。就这一个动作，便能将无数的地外微生物收入囊中。

与其他小行星不同，我们把这种长有树状物的小行星称作"MT 群小行星"。"M"和"T"分别是微生物（microorganism）和树（tree）的首字母。通常，人们会按照物质组成不同用"一个字母 + 型"为小行星归类。而我们用"两个字母 + 群"给它们命名。这并不是什么学术用语，只是各企业宇宙开发部门之间惯用的代号。

在主带彗星向太阳接近时，冰会随着彗星表面温度升高开始升华。这时，栖息在 MT 群小行星上的微生物会向着温度较高的地方移动。岩石内的微生物也是如此。它们能直接从岩石中索取电子，并利用这些电子与同伴交流通信。地球上本就有以这种方式交流的微生物，现在宇宙中也发现了这样的生灵。

彗星靠近近日点时，微生物会伴着水汽和尘埃一同向宇宙中逸散开去。这种现象已经持续了数十万年。人们认为，正是这种微生物群集引起的化学反应——碳和镁的离子化、与其他物质的结合与堆积——使得 MT 群小行星表面的特定区域形成了树状物。小行星探测器被普遍应用于探测小行星带之后，这一现象才终于被人类发现。

小行星带上最初的微生物来自哪颗小行星？目前尚无定论，答案可能是某一颗，也可能是很多颗。每次抵达近日点时的逸散现象，都可能使微生物迁移到相邻的小行星，并在着陆地点继续繁衍生息。要想得出最终的结论，我们还需更详尽的考察。由于现在还处在研究过程中，随时有可能出现新的假说。

每当想到这里，我都会联想起地球海洋中珊瑚撒卵时的情形。虽说微生物与珊瑚卵相差很远，肉眼并不可见，但从"向宇宙这片广袤的海洋播撒生命的种子"这个意义上来讲，二者具有共通的性质。小行星树就是长在主带彗星上的珊瑚，它们像撒卵一样，将冰床内的微生物播撒向深邃的太空，宛如在开启一场奇妙的生命之旅。

对观测记录进行了两小时的详查之后，提示互联时间达到上限的警报音响了起来。十秒后，系统自动切断了电源，分析装置内仅剩下离舱指示灯还亮着微光。

我像幼蝉蜕皮一样从装置里钻了出来。环顾室内，还有很多分析装置都亮着灯。分析员们在继续各自的工作，回放着过去的观测影像。

我打开分析室的门，进入走廊。

我来到休息室，用 ID 卡从自动贩卖机买了一盒恢复剂，然后朝会议室走去。

大脑与代替现实系统互联时会消耗体力。所以，在分析工作结束后服用恢复剂已经成为我们的必要任务。购买恢复剂的费用由公司承担。通过 ID 认证，自动贩卖机会记录下每个人每月购买的恢复剂总数。如果购买数量超过互联次数，则会接到"需要与上级进行确认"的指示。

进入会议室后，率先到达的嘉山主任向我问好："辛苦了，工作如何？"

"和往常一样，没什么新发现。今天开发团的人也要来吗？"

"不，就我们两个人。我不想把事情闹大。"

嘉山主任今天的穿着很有女人味。她往常都是走中性路线，只会偶尔穿一次彰显性别特征的服装。但即便穿，也只是出于色彩亮丽或设计别致这种单纯的理由。主任在生物学意义上是女性，但她的自我性别认知却不是"女性"。当然，这也不意味着她是男性，她的内在令人难以捉摸。她说话也总是保持中立，因此总有人感到与她对话十分困难。而我完全不在意这些。这并不是因为我看待事物一律平等，而是因为我对生物之间的差异没有什么兴趣。我属于那种甚至有时会忘了自己是人的类型。

一只灰色的猫咪趴在会议桌的另一端。它拉长了身子，正慵懒地睡着觉。几道斑纹点缀在它的前额和身体上。由于它正闭着眼，我看不到它眼睛的颜色。

我在椅子上坐下，把吸管插进恢复剂，开始吸食。这时，那只猫忽然睁开了双眼。它注视着我的眼睛呈碧绿色，眼神里没有丝毫的敌意和厌恶，而是隐约透出一丝好奇。

"做得真棒啊！完全看不出是机械猫。"

"现在人们对猫型终端的需求量很大，凑齐这些零件不是什么难事。"

"它不是定制的？"

"这种水平的东西，用现成的就够了。"

"用了活体组织吗？"

"没有。包括猫毛在内，全都是人造的。"

嘉山主任冲猫咪招了招手，只见它缓缓起身，沿着桌子走了过来，似乎已经对会议室的构造了如指掌。来到主任的手臂附近时，它再次蹲坐下来。主任抚摸着猫背对我说："它的名字叫香草。"

"是女孩儿？"

"不，它没有性别。之所以叫香草，是因为它的创造者是在吃香草冰淇淋时获得灵感的。"

"那倒真省事。"

"他可是个爱吃冰淇淋的男人。"

"话说回来，你究竟要我用这家伙来做什么？"

"你先与它建立神经互联，没有异常的话我们再谈后面的事。"

"我可是头一次和机械智慧互联，还真有点紧张……"

我转身面向猫咪，重新对它打了个招呼："我是分析员杉野。初次见面，请多关照。"

猫咪向我走来，悠悠地舔舐起我放在桌上的手。它舌头舔过皮肤时那粗粝而濡湿的触感与真的猫相差无几。"做工太精巧了！"我不禁感慨地叹了口气。

就在这时，香草开口说话了："你好像没太吃惊，已经习惯了与猫相处吗？"

"我家以前养过猫。很高兴这次有机会在工作中与猫相处。"

"人类真是喜欢猫啊。"

"可不是吗，最近为了缓解职员们的工作压力，不少企业都在公司养起了机械猫呢。"

抚摸着香草的背，我回想起了上小学的时候。某天，父母突然宣布会养一只三色猫。猫的日常照料主要由他们负责,我只需尽情享受"家里有猫"的乐趣。那只猫和我们共同生活了十八年。它死的时候,我的大脑甚至无法保持冷静的思考。因为太多回忆一齐涌上心头,我的泪水簌簌地淌个不休,可能比父母哭得还要厉害。自那以后我从未养过猫。我终究还是忘不掉它吧。

"那么之后就拜托你了。"主任说着站起身来,"香草现在归你负责,你可以带着它四处去逛,记得每天向我提交报告书。"

"好的。"

主任离开会议室后,我把灰色猫咪抱了起来:"今后还请多多关照啊,香草。"

"关于我,他们对你说了多少?"

"一些基本情况吧。主任好像隐瞒着什么,但我也不想刨根问底,公司里总会有些不能明说的事情。我的工作就是满足你的要求。听说,你虽然是人工智能,却对开发团提了不少问题啊?"

"从这口气看,你似乎已经知道很多了。"

"那是,"我点头道,"你问了他们'人类的本质是什么''人类是什么'等等问题对吧?这可是兼具哲学性和文学性的问题啊!虽然不确定能不能回答你,但我会用分配给我的时间好好去想一想。当然,是在我们享受彼此的同时。"

　　嘉山主任是在上周把香草的事情告诉我的。当她说"我们公司有个暗中进行的秘密工程"时，那语气就像是娱乐电影的开场白，于是我最初只是将信将疑。在工作之外，主任之于我是一个朋友之上、伴侣之下的存在。平日里，我们会把公司里的各种琐事当作谈资。这次我也以为她只是在说笑。

　　主任继续为我倒酒："我曾在公司的科研部干过一阵子，那时科研部想要研发一种新型小行星探测器。所谓的秘密，就在于控制新型探测器的人工智能。当时，开发组里有个叫后藤的人。他想要制作更高级的人工智慧，而非公司要求的人工智能。人工智慧并不是某种与人类相近的机械智慧，而是一种为了宇宙开发而特别制作出来的异种智慧。"

　　安吉是泛用型宇宙探测器，其搭载的人工智能性能极为有限。不过类似考察行星和卫星、采集样本这样的工作，精简版的性能足够用了。

　　但后藤始终持相反的观点。他想要开发出一种不仅能遵从人类指令，还能根据实际情况做独立判断的探测器。这样一来，即使在宇宙中遇到意想不到的突发状况，探测器也可以凭借自己的判断来完成数据和样本的采集。

　　经历了无数的研究和技术突破之后，人工智能的性能取得了飞跃性的提升。我刚踏入社会的时候，地球上许多简易的工作就已经交由人工智能完成，宇宙开发也是其中一项。

后藤的提案引起了开发者们的兴趣。通信延时会随着与地球距离的增加而成比例增加，这是宇宙开发中不可逾越的一道难关。如果探测器在接受人类指示之外还能做出独立判断，这一问题很可能会迎刃而解。新型探测器能在多大程度上帮到人类、能否被正式用于宇宙开发还是未知，但至少这个提案值得一试。

然而，后藤的疯狂超出了人们的想象。他创造出的香草不仅对宇宙感兴趣，还对世间的万事万物都充满好奇。他还解释说："探索宇宙之心，必与探索世间万物之心紧密相连。"

关于香草的性能，我总觉得主任有些夸大其词。人工智能技术再发达，也不可能轻而易举地制造出可以像人类一样思考的机械。当然，他们有可能隐瞒了一些别的事情，一些只有开发团才知道的秘密。

若真是如此就另当别论。

香草为了满足自己的好奇心而不断索取着各种数据，似乎是在有意锻炼自己的思维能力。它对宇宙抱有非比寻常的好奇，时常向开发团提出各种要求，比如"我想要更多最新的数据""我想像人类分析员那样分析作业现场传来的数据"等等。

在被正式用作探测器之前，香草会像我们一样与代替现实系统互联，对 MT 群小行星的观测数据进行解析。机械无法把分析结果转换为感觉材料，但仅仅是整理数值就会为我们提供很大帮助。整理后的数据会被送到相关的学术机构，在宇宙研究中派上用场。

后来，香草不光是对宇宙好奇，对使用自己的人类也产生了兴趣。它会好奇机械智慧与人类究竟有什么区别。通过与开发人员的对话，它逐渐开始提出"我想知道人类的本质""人类是什么"等疑问。员工们难以应付它的提问，于是一致决定将它交到其他部门的人手中。他们希望它可以通过与其他人的接触满足好奇心，自己找到问题的答案。

聊到"该把香草托付给谁"这一问题，我立刻成了候选人之一。由于和主任交情不错，大家都对我的人品有所耳闻。

主任说："香草是绝密的科研材料。即使在公司内部，也不能轻易让职员们看到它的本体。于是，我们制作了这个猫型终端，并将它与本体相连。你所接触到的并非香草的本体，而是它的猫型终端。我们希望你能带着它到处走走，每天陪它说说话，让它理解人类到底是什么样的存在。"

其实，终端完全可以用麦克风配上话筒来代替。但眼前这个实体显然更容易让我感到亲切，而亲近感则能催生二者之间的信任。

听说陪伴香草能赚取特别酬劳的瞬间，我立刻应道："不用找其他人了，这个任务就交给我吧。"虽然与机械智慧接触时应该告诉它些什么、怎么告诉，我一无所知。但正如香草凭着好奇心索取数据一样，我也在好奇心的驱使下，主动承担了这项工作。

财务处送来的报表里果然含有一项"特别酬劳"。虽不是什么惊天数额，但对于临时委派的工作来说，已经足够让人满意了。

见香草那天，我提前两个小时结束了日常工作，然后来到另一间小屋。那里已经布置好相应的设备，供我和香草进行神经互联。

我们所用的就是普通的代替现实系统。通过它，信息可以在互联的二者之间传递。香草已经早早钻进了一侧的装置中。只见它坐在座椅上，用传感器把自己包裹整齐，悠闲地摇晃着尾巴。就像在说"我可是一只能干的猫"。

我钻进了另外一个幼蝉般的装置，坐进座椅，把身体靠在椅背上。装置那柔软的四壁像气球一样鼓胀起来，把传感器贴在我的周身。不一会儿，传感器开始从我的头部和皮肤触点提取数据，我与香草之间的神经互联正式开始。

我通过麦克风问香草："这是你第一次和人类互联吗？"

"在预备演习中和开发人员互联过几次，没出过什么问题。"

"那我就放心了。"

"你怕吗？"

"毕竟我是第一次。"

"我只是机械，没有人类的感情。虽然我会从你的大脑里读取信息，却不会像人类那样把你的价值换算为数值。那种行为是非常失礼的。"

这时，表示电信号传入脑神经的提示符出现在我眼前。我感到指尖逐渐沉重，眼皮缓缓垂下。我不做抵抗，就这样陷入了沉睡。

在分析安吉传来的数据时，我会始终保持清醒，绝不会像这样睡去。但与香草的电子脑互联后，我不知为何变得昏沉欲睡，唯有些微的躁动在胸中残留。

再次睁开眼时，装置内的器械全部不见了。我来到了一个陌生的地方，身子躺在一张简易的床上，暴露在野外的狂风之中。

深灰的天空和暗黑的大地一直延伸到远方。

我的周围没有房屋，没有树木，也没有岩石与河流，更没有都市。四下里只有我一个人。天空中没有飞鸟，大地上也没有奔走的猛兽。

啊，这是梦！我明白过来。若不是梦，那就是系统制造出来的虚拟世界。总之，这一定不是现实中的场景。

有什么东西正从阴郁的天空中坠落——是成群结队的安吉。它们张开六肢降落在地的样子,比起其名称的由来"天使(Angel)",更容易让人联想到张牙舞爪的噬菌体。无数的安吉乱坠而下,像极了落在战地上的炸弹,或是杀人用的自动武器。周围寂静无声,透过皮肤能感到一阵波动从远方传来。我的体内也有什么东西在鸣响,与远方的波动相互碰撞,形成共振。

每个安吉的背上都连着一道光,这不是现实中的景象,或许是混入了一些主带彗星的影子。光束也从我平躺的身体中冒出,像藤蔓一样朝着天空延伸。光束的末梢有一些小东西在蠢蠢蠕动。仔细一看,那是我饲养的金鱼,还有我熟悉的人。金鱼摇摆着长尾在虚空中游曳,人们则像用绳子串起的囚犯般在天上彷徨。那其中有我的朋友、同事、上司,还有我觉着面熟却想不起在哪里见过的人。一道道光束从我的身体喷射而出,被下着"安吉雨"的远空吞噬。

我想,这可能是香草正在提取我的记忆吧。若是这样,我能认出的那个香草应该在这个梦境的某处。不过,或许它为了不让我发现,故意伪装起来了。

我感到两臂上的皮肤开始蠕动起伏,光束接连不断地从中萌发。光束的末梢形状不断流变着,像是糖人一般逐渐定型为不同的个体。我的记忆就这样一点点开成了花,肉体逐渐被撕扯殆尽。

皮肤和血肉全都变成了记忆,身体好似被从内到外翻了个面。这个过程有些令人作呕,但又畅快淋漓。

记忆的涟漪从体内向外漾开。我真想就这样躺下去,直到永远。

互联的中断与开始一样突然。回到现实的瞬间,我竟一时难以适应,愣怔了一阵。

梦境的触感还烙在皮肤上,那是一种比视觉还要深刻的触觉残留。我不知该如何把它从身上拂去,从装置里出来的时间比以往晚了三十秒。

香草已经在外面等我了。它坐在地上,尾巴在身后扫来扫去。

"感觉怎么样?"它问。

"像是被猫妖吸了精魂。"我回答。

香草微微颔首,露出牙齿,那表情像是在笑。

我坐下来摸了摸香草的脑袋:"真像活生生的猫啊!完全看不出是人造的。"

"你喜欢曾经养的那只猫吗?"

"是的,非常喜欢。"

"那么你现在抚摸的就不是我,而是你记忆中的那只猫。"

"别这么说嘛,人心可不是那么简单的。我抚摸你时的确会想起曾经养的那只猫，可同时我也清楚你与它不一样。人类可以在幻想与现实之间自由往来，这都是想象力的功劳。你也拥有这项能力吗？"

"人工智能也有人工智能的想象力。"

"哦？"

"我们拥有的，是洞察未来的想象力。"

下班后，我径直返回家中。若在平常，我会去买点东西或在外面吃饭。但今天我十分疲惫，只好作罢。本来我还想去诊所做个脑部检查，但后来又觉得不必这般多虑。

在家吃过简易的晚餐后，我用信息终端浏览了一遍新闻，然后又刷了刷社交网站、读了一会儿囤积的电子书。电影我最近不太看了。由于工作内容与影像分析相关，业余时间我会尽量避开影视作品。插有超链接视频的电子书也会使我双目疲劳，因此我只想找些纯文本的书，慢慢品读。

代替现实系统每天都会把我送到宇宙的某个地方。它让我在崎岖坎坷的小行星表面行走，让我呼吸太阳、金星与水星周围的灼热大气，让我在木星的氢元素海洋中游泳。此外，冰封如铁的行星、火山正在喷发的卫星我也都去考察过。这些都是真实存在于太阳系中的地方。我虽不是直接进入宇宙，却也把这些体验当作日常生活的延展。

有了代替现实系统，即便不是宇航员也可以前往宇宙探索。我们分析员既不是冒险者也不是开拓者，但我们能以公司职员的身份在太阳系中穿梭，将自己的各种体验转换成感觉材料贩卖出去。

但香草是会进入宇宙的。总有一天，它会成为真正的探测器，前往真正的宇宙。

前往宇宙。

香草是如何看待这件事的呢？

第二天我依然与香草进行了互联。我又做了那个离奇的梦，醒来后靠在椅背上缓了半天。对于香草来说，这是帮助它了解人类的过程。可我却无法从这个过程中获得有关香草的任何信息。不，或许我在潜意识中已然洞察到了什么，只是具体内容始终看不分明，这让我感到了一丝不快。

我忽然意识到，我的梦境可能也会原封不动地载入香草的记忆。一瞬间，机械提取人类记忆、最终取代人类的恐怖场景浮现在我的脑海里。

我故作无心地发问后，香草答道："无论生物脑与电子脑怎样互联，我都无法看到人类的梦境。精神医学上有种装置可以把人的梦境转化为影像,可我不具备这项功能。"它说完凑到我的身边,想要咬我插在恢复剂上的吸管。

我挥手将它赶走:"不许咬,不许喝!"

"就尝一点也不行吗?"

"你可是机械啊。"

"我体内的装置可以把恢复剂转换成能量。"

"但你没有喝的必要。"

"我纯粹是出于好奇。"

"想要的话自己去买。"

"可猫是没有钱的。"

"那就让嘉山主任给你买。"

"直接让你给我买更方便一些。既然你是我的负责人,总能申请到经费吧?"

无奈之下,我只好用自己的 ID 卡又买了一盒恢复剂。至于用途,也只能事后再向财务处说明了。

我将恢复剂的吸管插好放在桌上,香草立刻衔住吸管,吸食起来。

"好喝吗?"

"不知道,我尝不出味道。"

"啊? 那你还要我买! "

"人类在用过分析装置后都会喝这个，我想要体会那种感觉，与人类共感。"

"共感？"

"就是'照猫画虎'嘛！……喝恢复剂原来是这种感觉，我知道了，谢谢你。"

"香草，刚才那件事……"

"我像怪物一样吞噬你的梦境的事？"

"嗯。"

"我记录的只是你的脑电波，也就是海马体中的短暂记忆通过梦境向大脑皮层分类转存的过程。至于你梦到了什么，我全然不知。就算有获知的手段，我也没兴趣了解平庸者的梦境。"

"竟然说我平庸？你自己不也只是一只猫！"

"我不是猫，是人工智能。"

"你刚才不是还说什么'照猫画虎'吗？"

"那不过是修辞罢了。"

这简直是抬杠。真是个难对付的家伙。

我顺了顺气，继续说道："香草，你有想过要变成人类吗？"

"没有。"

"那你为什么想了解人类呢？"

"那是制造者给我的指令。他让我'对这个世界上的一切充满好奇,并去探索其本质',我不过是在遵命行事而已。机械永远只会忠实于指令,而不会怀疑指令本身。"香草轻描淡写地说。

还真是符合机械身份的回答。

如果说"了解人类"并不是香草自己的意愿,那么我就是在通过香草,与香草的制造者——那个叫后藤的人对话了?他究竟是抱着何种目的设计新型探测器的呢?就像通过代替现实系统再现过去、进行体验一样,我是否也通过香草与未曾谋面的研究者们建立起交流呢?

这时,香草忽然反问我:"你呢?想过要去宇宙吗?"

"没有。"

"那你还从事这项工作?"

"这与去不去宇宙没关系。我这人就适合当分析员,所以才干这一行。再说了,对宇宙感兴趣的人并不都能当宇航员。"

"话是这么说,可人类真的会因为兴趣一直工作下去吗?"

"因人而异吧。有些人没有兴趣就无法工作,有些人没有兴趣反而能更轻松地工作。"

香草摆出一副沉思的架势,那表情对于猫来说过于复杂。见它这样,我又想多说几句,于是道:"对于我来说,虽然不能说是兴趣,但有一件事让我觉得我的工作很有意思——每当我分析安吉传来的数据时,脑中都会有音乐响起。"

"音乐?"

"不是具体的某一首曲子。而是一种只能描述为'音乐'的声响。那不是我的幻听,而是属于连觉的一种。MT 群小行星上的微生物会从构成小行星的物质中直接夺取电子,并在同伴之间进行传递。这一过程会以电信号的形式被安吉捕获,影响分析员的大脑。我听到的音乐有一种不同于市面上的音乐的美妙悦耳。这成了我工作中的乐趣之一。当然,听到音乐只是我的个人情况。其他分析员有的能够看到光影明灭,还有的能用舌尖尝到滋味。"

"可我就不会这样,那是人类独有的反应吗?"

"大概是吧,人脑毕竟和电子芯片不一样。对了,我想给你提个建议。"

"什么建议?"

"到公司外面走走怎么样?"

"为什么?"

"要想了解人类,公司内部的空间还是太有限了。你必须收集更多的数据才行,尤其是要增加一些切身的体验。"

"要说'体验',用感觉材料就能得到很多了。不仅是探测小行星的体验,还有各种人类的日常体验。"

"我不希望你依赖感觉材料,你要通过实际的行动去体验。"

"可实际体验和使用感觉材料没什么区别,都是对外部刺激加以电流处理。"

"你不会是怕了吧？我可要出去了。"

"没那回事。"

"那就一起走啊！出公司需要征求你的同意，只要你说 OK，我立刻就去和主任交涉。"

提出带香草外出的请求后，嘉山主任吃惊得双眼圆睁："万一弄丢了怎么办？比如说你把它忘了，或者别人把它偷走了。"

"它的本体一直在公司里，所以就算丢了也没什么啊。那时只要切断本体与终端的连接就行了。"

"我们做它也是花了钱的，而且还没把它送给你。"

"万一出了什么闪失，我来赔偿就是。总之请你批准香草外出，否则它不可能弄懂人类。"

"你是想让它与更多的人接触，像机械宠物那样？"

"不，我只是想让它体验更多东西。"

"需要外出几次？"

"次数不限，至少持续三个月。"

我不知道猫型终端能在多远的距离内接到信号，但既然将来要被用作行星探测器，它的通信性能一定很好。

嘉山主任似乎对我心生怀疑。她可能以为我受了猫型终端的蛊惑而神志不清，或者想要把它转卖给别人。我告诉她一切顾虑都是多余的。如果公司职员真的想做有损于公司的事，怎么可能还特意对上司说明呢？就这样，我成功说服了她。

得到外出许可后，我把香草装进公文包，离开了公司。香草是机械猫，不需要像真猫一样放到箱子里，也不用随身携带猫屎铲，因此我不会有任何的压力。这是一场轻松愉快的出行。

我带香草去了很多地方。大街上的娱乐场所数不胜数，像餐饮店、游戏厅这种地方，我每周都会带它逛上几回。为了避免被疑作私人摄录装置，我没有带它去过美术馆和音乐厅。有关艺术的东西，我都是让它在家里体验的。

我还经常带香草接触大自然。我会带它沿着河滩散步，带它去森林公园，带它参观动物园、水族馆和植物园。我还想让它见识一下野鸟，于是带它去爬了几次山。

无论走到哪里，香草始终表现得很冷静："哼，就这些东西，通过数据库和感觉材料也能知道。"它虽然嘴上这么说，但任谁都看得出它兴致勃勃。

香草体验新东西时会两眼放光，就像真猫在看到食物或玩具时那样。这与它在公司里的日子有着天壤之别。那是什么声音、是什么在发光、这里为什么这么冷、空气为什么这么湿……面对香草提出的一个又一个问题，我都竭尽所能去解答。

夏天，我带香草到南方的一座岛屿去旅行。那座岛曾经属于日本，而现在必须出示护照才能进入。以我的收入水平，住海景房有些奢侈，但这次我用的是特别酬劳。

我们临海而居。

房间的露台正好可以眺望星辰。

来到室内，开窗通风的一瞬间，香草忽然跃向露台。我还来不及阻止，它便跳上了露台的护栏，轻柔地扭曲着身子，上身前倾探出露台，湛蓝的大海近在咫尺。

我惊惶地冲上去，从后面紧紧抱住香草，手忙脚乱地把它拽离护栏。由于用力过猛，我踉跄几步后一屁股跌在地上。剧痛从腰间直蹿头顶，我疼得说不出话来。见我这副模样，香草只是淡淡地说："谁叫你大惊小怪的？这里的地板还是防滑的呢！"

"还不是因为你差点掉下去！"我呻吟着说。

香草一脸吃惊地问："你不会以为我想跳海吧？"

"对啊……"

"傻瓜！我的防水性能没那么好，我的身体里也没有浮漂，掉进海里只会沉下去。这点常识我还是有的。"

"可我担心你会想要试一试。"

"为什么？"

"因为你最近越来越像真猫了。你自己不觉得吗？"

"难道不是越来越像人了？"

"那倒还不至于。"

香草轻哼一声，沉默着返回了室内。它看起来好像突然失了兴致，但考虑到这可能是编入猫型终端的默认程序，我还是任它去了。

当晚，我们又一起去了露台。现在正是观星的最佳时节，我在小桌旁的长椅上仰身躺下。

"这回可别往护栏上跳了！"我叮嘱香草道，"快过来。"

香草来到我的肚子上坐下，抬起头来仰望夜空。点点繁星洒满天，使整个夜空泛起微白的光芒。

我把刚从冰箱里取出的鸡尾酒一饮而尽。"星光在穿过大气时会像这样摇曳。你是第一次亲眼见到吧？"

"你是说这种只有在有大气层的行星上才能看到的现象？"

"嗯，你应该没亲眼见过吧。虽然可能在影像中看到过，但真实的景象……"

"确实不一样。"

"关于宇宙和小行星，你比人类知道得更多。但对于'地球也是宇宙的一部分'这一点，你恐怕没有真切的感受。不了解这一点，你就不可能了解人类的本质。这段时间每天拉着你逛这逛那真是对不起，但我希望这多少对你的思考有些帮助。"

"原来是这样……谢谢你。"

"人类直到现在，对地球依然没有完全了解。在什么也不知道，什么都还没弄懂的时候，短暂的一生就要结束——这就是平凡而普通的人类。如果有谁摆出一副无所不知的样子，那最好还是离他远一点。"

"你很谦虚。"

"哪里的话。话说，关于'人类是什么'这个问题，你有答案了吗？"

"暂且算是有了吧。"

"说来听听？"

"人类，用一个词来形容就是'混沌'。风格迥异的都市、各式各样的造物，无不诠释着人类的复杂性。而这复杂，是受地球这整颗行星的影响造成的。坦白地说，这个问题仅靠我一己之力无法解答。"

"你也学会谦虚了啊。"

"是吗？总之，'人类是什么'这个问题本身是没有意义的。当被问到'你是谁'或者'你是什么样的存在'时，无论是谁都无法立刻作答吧？你与我相处了这么久，才刚能让我摸到一点点头绪。但即便如此，我恐怕还是无法理解人类的全部。"

香草用它那张猫脸挤出一个微笑:"或许,比起探索人类的本质,我更善于探索宇宙的本质。当然,宇宙也有宇宙的复杂之处,但至少更适合人工智能。"

"你放弃探索人类了吗?"

"我可没这么说。可惜期限将至,我只能暂且罢休。"香草接着说,"杉野,我有个问题想要问你——你没有朋友吗?"

"为什么问这个?"

"你带我去了很多地方,在这期间,我一直没见过你与朋友、家人联络。"

"朋友我还是有的,我也拥有家庭。之所以不让你见他们,是因为要想了解人类,还是先远离人类比较好。"

"你这是反其道而行之?"

"自从被制造出来,你的身边就一直充斥着人类。但有时,其实一个人待着也不赖。人类有时也会故意选择孤独,来让自己保持清醒。"

香草愉快地眯起双眼问:"和我在一起,你快乐吗?"

"一开始觉得或许会有点麻烦,但后来我逐渐明白了为什么会有人想与人工智慧同居。人工智能比想象中更容易相处。"

"你当初为什么同意接管我呢?"

"因为那是我的工作,就像你忠实于制造者的指令一样。我只是个平凡的人类，平凡地工作、生活，然后平凡地死去，不在这个世上留下任何痕迹。仅此而已。"

"是这样啊……"

"所以说，我并不是因为对过去抱有某种执念，或情感经历曲折才接受你的。非常抱歉，我只是个平淡无奇的人。话说，我反而从你那里学到了很多。"

"我并没做什么大不了的事啊。"

"这次特殊任务对我来说终生难遇。就凭这一点，我也会在余下的时间里倾尽全力。"

香草露出了复杂的表情。我继续说道："现在轮到我提问了——你……真的是人工智能吗？这个猫型终端的背后，其实连接着一个真人对不对？"

沉默持续了一段时间。我对自己的怀疑又多了几分确信。

然而，香草平静地回答："很遗憾，你所期待的那种东西并不存在。我就是一块电子芯片，除了这个什么都没有了。"

我没有否定香草的回答，只说了一句："原来如此。"

"莫非你以为我的本体是被囚禁在秘密小屋里的美少女？"香草戏谑地问。

"或许吧。"

"很抱歉，现实中没有这种东西。"

"没事，反正我已经很开心了。"

"去了小行星带以后，我就要像安吉那样，向地球发送观测数据了。真希望我拍摄的记录能由你来分析。我希望那时你能想起我，哪怕只有一下也好，想起和灰色猫咪一起度过的奇妙时光。"

月末，最后一次用代替现实系统与香草互联后，我的特别任务宣告结束。

那一天，香草也没有表现出任何感伤，说完一句"我走了，保重"，就轻巧地走出了房间。我唯一能做的，就是在那之前再次轻抚它的脑袋。那一刻，仿佛是幻觉一般，它的触感比初次见面时更像是一只真猫了。而下一刻，香草就从我的掌中滑走了。

那是我与香草的最后一面。

我又回归了一如既往的生活。工作负担虽然减轻了，但我的工作效率却明显下滑。只要待在分析装置里，我就会头痛眩晕，脑海中的美妙音乐也再未响起。

请假休息了三天后，我的症状依旧没有改善。直到有一天，早上醒来后我全身僵直无法动弹，才被医生确诊为"抑郁症"。由于与香草的交流任务结束，突然轻松下来，我似乎成了"减压症候群"的一分子。这个原因也算是有理，搞清楚病因后我的状况稍有好转。

等到我可以从床上下来，勉强行走时，嘉山主任前来我家探望。我想，她很可能是来劝我辞职的，我已经做好心理准备。

"我今天不是为工作，而是为私事来的。"主任说着把慰问的点心放在餐桌上，"身体怎么样了？"

"还要再调养一阵子。我没想到自己的身体这么脆弱。"

"也难怪，毕竟你对香草的事很上心。"

"我没有……"

"自己察觉不到才是最可怕的。"

主任坐到椅子上，双手交叉放在桌上："要是使用药物治疗，你的脑部神经将会受到影响。至少在一段时间内，你大脑制作出来的感觉材料怕是不能出售了。"

"那要不找个人代替我？"

"你也可以申请长期休假。"

"前提是我复得了职。"

"也是……其实我和香草聊过这件事。我们认为，如果把实情全部告诉你，或许就能让你尽快斩断执念，恢复健康。"

"这是什么意思？"

"我听说你一直怀疑香草的本体是真人？为什么会这样想？"

"因为它说自己'使用过感觉材料'。感觉材料只对人类有意义。人工智能没有身体，即使接收数据也不会产生感觉。人类拥有大脑和身体，所以才能体验感觉材料。因此我在想，香草的本体会不会是因某种原因而无法外出的人呢？比如说全身瘫痪的人？"

"你猜对了一半。的确，香草是有'身体'的，但并不是通常意义上的那种身体。"

"能把一切都告诉我吗？"

"那请你先答应我一件事。听完真相后，你就放弃有关香草的一切执念。如果即使这样，你不使用药物治疗就无法回归分析员的岗位，希望你能够主动申请辞职。你要是同意，我就把香草的真相告诉你。"

这是一个没有任何选择余地的要求。主任也真是狡猾。但我没有反驳，我的确是因为执着于香草才日渐消沉的。若想从消沉中走出来，让主任告诉我真相是最有效的办法。

我表示同意后，主任点了点头，拆开她带来的点心："边吃边说吧。这是车站旁边那家店的华夫饼，很好吃。"

"谢谢。"

"香草是作为新型宇宙探测器被设计出来的——这我早就告诉过你。"

"是的。"

"还有关于后藤这个研究者的事……"

"就是那个让香草的智能远远超出必要的疯子？"

"没错。其实，香草在计算机里拥有一个用代码构成的虚拟身体。后藤设计了一个非男非女、没有性别的人类身体，然后让香草把它当作自己的身体。后藤很反感人工智能拥有性别。人类中也会有中性人、无性人这类特殊的存在。所以他觉得给人工智能设定性别和性取向没什么意思，就干脆没有设定。因此，香草既不认为自己是男的，也不认为自己是女的，它就只有'我'这一个自我意识。后藤坚持认为，性别和性取向对人工智能的人格塑造并不重要。接着，他把计算机里的虚拟身体与人造活体组织建立连接，让它们之间发生电信号的传递。"

"你说什么？"

"也就是说，香草能够以计算机里的虚拟身体为中介，像感知'自己的肉体'一样感知人造活体组织。这便解释了它为什么可以使用感觉材料。准确地说，电子芯片做的大脑、人造活体组织做的身体，再配上探测器应有的硬件——这三者组合起来的整体，才被我们称为'香草'。"

"人造活体组织？那种东西是从哪里来的？"

"是再生医疗中的材料。主要有人造肌肉、人造内脏、人造皮肤等等。"

"你们用收集到的医用活体组织,在实验室里造了个活人出来,像弗兰肯斯坦的怪物一样?"

"你想错了。"主任皱起了眉头,"再怎么说,那种行为都是违法的。后藤当然也心知肚明,所以他采取了更疯狂的手段。用他的话说,'只要没做成人形就不会有问题'。如果以医用试验品的名义,只将单独的人造器官、细胞或内脏的一部分放入宇宙进行测试,应该可以得到法律的许可。"

我一时语塞,手紧紧捂住嘴,几乎要把刚吃下的华夫饼吐出来。

主任无力一笑:"想吐就去洗手间吐个痛快吧。但这其实并不是什么恶心的话题,后藤只是把'没做成人形的活体组织'和'香草的虚拟身体'相连了而已。香草的电子芯片时刻进行着感觉转换,这会使它产生'拥有人类身体'的错觉。每一个细胞接收到的外部刺激,即活体接收到的电信号,会逐一传递到虚拟身体的各个部位。因此在活体组织发生病变时,香草也会有生病的感觉。它虽然只是机械,但如果活体组织的某部分出现问题,它也会出现诸如手脚疼痛或肠胃痉挛的感觉。"

一想到香草那过度复杂的构造,我就感到呼吸困难:"后藤为什么要做到这一步?"

"身体感觉会对人工智能的发展产生怎样的影响，这也是后藤关心的问题之一。拥有和没有拥有直接作用于环境的部件的智慧，其发展方向会有所不同吗？当人工智能被赋予人类或动物的形态时，它们的思想也会更接近他们吗？而当人工智能被赋予异形或机械的形态时，它们就会产生超乎寻常的思想吗？此外，没有身体感觉的智慧置身宇宙环境中时，又会思考些什么呢？……那个人什么都想知道。为了求知，他可以做出任何事。他是个不太正常的人。"

"竟然有这种人……"

"当大多数人进入宇宙生活时，人造活体组织将被大量应用于医疗。纳米治疗仪解决不了的问题，更换人造内脏便可解决。那时，是更换机械内脏比较好，还是用亲和度更高的活体内脏比较好呢？这要根据病人的工作环境来判断。对在严酷的宇宙空间中工作的人，机械身体显然更加实用；而对于要周旋于复杂人际关系的职场工作者，肉身的人体会更受欢迎。医疗企业曾经委托我们帮忙，测试人造活体组织在宇宙环境中的使用寿命。因此，我们将人造活体组织放进小行星探测器内的活体保鲜装置盒，把它带到了小行星带。我们想要知道，宇宙作业现场能在多大的程度上维持细胞存活。如果仅在地球和月球上试验，我们就无从得知细胞到更远处时的劣化情况。香草就是为了完成这项测试而做成的。"

"既然如此，根本不需要把香草的虚拟身体与活体组织连接，只需记录活体组织本身的变化不就行了？"

"所以说这就是后藤的疯狂之处。"

"没有人阻拦他吗？"

"的确有人指责他做得太过了。将医用材料带到宇宙中测试当然可以，但将其与人工智能的虚拟身体连接却无法得到许可。然而，后藤不惜投入自己的财产，也还是把香草制作了出来。这个绝无仅有的试验品被规定只能在公司内部活动，不能带到外面。探测器性能测试、人工智能性能测试、人造活体组织宇宙测试——单看其中的每一项，都对公司有着莫大的潜在利益。所以上级没有下令将香草销毁。后藤最后主动辞职离开了公司，但实际上是被解雇了。不过，作为封口费，公司依然给了他少量的退休金。这已经是十多年前的事了。后藤离开的时候说，为香草赋予人类的身体感觉，对于人工智能认知人类的精神世界意义重大。同时，人类的精神能对宇宙环境产生怎样的影响，也能通过这项测试得知。所以说，这也是一项对'人工精神'的测试。'既然制造出来了就要物尽其用'，他总是这样说。那个人真的是，该怎么说呢……"

"香草不是单纯的机械，但也不是人类……"我喃喃自语道，

"那么,它是新品种的人造生物?或仅仅是既有物的拼接组合?"

"随你怎么定义。对于公司而言,香草就只是一个备件;可对你来说,远非如此吧。香草说了,与你的交流使它产生了一些改变,它非常感激你。所以在得知你生病的时候,它决定要告诉你真相,它说这将是对你最好的'治疗'。"

我一只手捂住脸,陷入沉默。胸中涌起的不是悲伤,而是一种近似愤怒的情感。

"之所以把香草交给你,"主任继续道,"是因为你没有什么特殊的能力和才华,只是一个普通人。当人工智能向人工智慧进一步发展,被应用到日常生活中时,大多数使用者将是像你这样的普通人。所以在研究阶段,让它们与普通人进行交流测试,对人工智慧的发展至关重要。香草认为,它从你那里学到了与人类共存的必需要素。这些数据,都会为正式的开发提供参考。"

"就连这一部分,也要被瓜分销售吗?"

"毕竟得为公司服务,也只能这么做了。喂,杉野,把头抬起来。香草会按照原计划飞向宇宙,这是我们从一开始就决定好的。但由于一系列的原因,它不会再返回地球。一般的小行星探测器在达到使用寿命后,会被回收到谷神星上的工厂,成为其他机械的原材料。但香草不想一生都待在小行星上,它想要趁着自己还能工作,飞向更深的宇宙——这是它主动向我提出的请求。"

"啊?"

"它说,'我想要到比小行星带更远的地方看一看。作为新型探测器,我想要挑战更艰巨的任务,希望您准许我的请求。'我决定同意这个请求。香草被我们强行制造出来,这是我们能给它的唯一的补偿了。"

"'补偿'? 这个说法也太傲慢了吧。"

"可我们还能做什么呢? 就这样放它走吧。香草已被人工赋予了智慧,这是它自己选择的归宿。"

直到现在,我还在同一所公司上班。

以一名观测数据分析员的身份。

我能干的就只有这个。所幸在没用药物和纳米治疗的前提下恢复了健康,可以像以前一样继续工作。

嘉山主任今天告诉我,香草已经朝着木星加速了。虽然已时隔数月,和灰猫终端交流的一幕幕却还依稀仿若昨天。

对于香草究竟应被视为生物还是单纯的机械,这一点公司内部尚未得出定论。而我,从一开始就把它当作"类似生物的某种东西"。虽然这只是人类一厢情愿的想法,但我身为一个非研究者,这样就足够了。

有时也会想,要是年轻时学习再用功一点,能当上宇航员就好了。如果成为真正的宇航员，我就可以陪香草一起去小行星带，制订计划，前往更远的木星以及更远的宇宙。我知道现在后悔也毫无意义，但懊悔之情还是总在夜深人静时突然造访，在我的胸中翻搅不息。

无论香草是生物还是机械，在我眼里都是一样的。我不需要它有性别，也不需要它有实体。因为我依恋的，是香草的思想本身。

如果说在他人心头留下难以忘怀的痕迹就叫爱，那么香草无疑给了我爱。

就像无数的微生物从主带彗星向着宇宙空间逸散而去那样，香草也要向着小行星树的彼方、向着更遥远的行星进发了。

我不愿把这一切仅当作甜蜜而伤感的回忆。

生命是什么，智慧又是什么？

我想要永远铭记的，是人类为了满足好奇心和求知欲，所做的一切尝试。

附　录

　　本短篇集收录的几篇过往作品，在 2009 年至 2015 年的七年中分别刊登在恐怖杂志、科幻短篇选集以及一般的文艺类杂志上。本书在制作时，将当时收录的各篇小说细节内容进行了微调及整合。

　　其中，《寻梦芦笛》是最早的作品，初版发表于 2009 年。作品中有关 VOCALOID 的内容，是作者为了将本作品写成恐怖小说，故而在执笔时独自创造的小说设定，与实际存在的 VOCAL 业界及从业人员无任何关系，还望知悉。

二〇一六年九月